项宗西·著

秋水长天集

黄河出版传媒集团
阳光出版社

图书在版编目（CIP）数据

秋水长天集 / 项宗西著. -- 银川：阳光出版社，
2018.12
　　ISBN 978-7-5525-4680-4

Ⅰ.①秋… Ⅱ.①项… Ⅲ.①中国文学－当代文学－
作品综合集 Ⅳ.①I217.2

中国版本图书馆CIP数据核字(2018)第274062号

秋水长天集

项宗西　著

责任编辑　贾　莉　张　妤
封面设计　王　媛　杨心刚
责任印制　岳建宁

黄河出版传媒集团
阳光出版社　出版发行

地　　址　宁夏银川市北京东路139号出版大厦（750001）
网　　址　http://www.ygchbs.com
网上书店　http://shop129132959.taobao.com
电子信箱　yangguangchubanshe@163.com
邮购电话　0951-5014139
经　　销　全国新华书店
印刷装订　宁夏银报智能印刷科技有限公司
印刷委托书号　（宁）0011804

开　　本　720mm×980mm　1/16
印　　张　13.5
字　　数　200千字
版　　次　2018年12月第1版
印　　次　2018年12月第1次印刷
书　　号　ISBN 978-7-5525-4680-4
定　　价　36.00元

莫道朔方梅信迟，银龙狂舞尽展春姿倾城。玉剪疏花放，先舞东风第一枝。

项宗西窟乙端雪

阿正谦书

■ 宁夏书法家协会原名誉主席刘正谦书

雨雪霏霏日迟迟我心悲伤尔苦
回忆往事不堪须鬓白无几多
汉之津渡清清流水为愁立元书
峰峦叠嶂
烦闷西北雪词云乙丑夏日宋琰

■ 宁夏书法家协会主席兼秘书长宋琰书

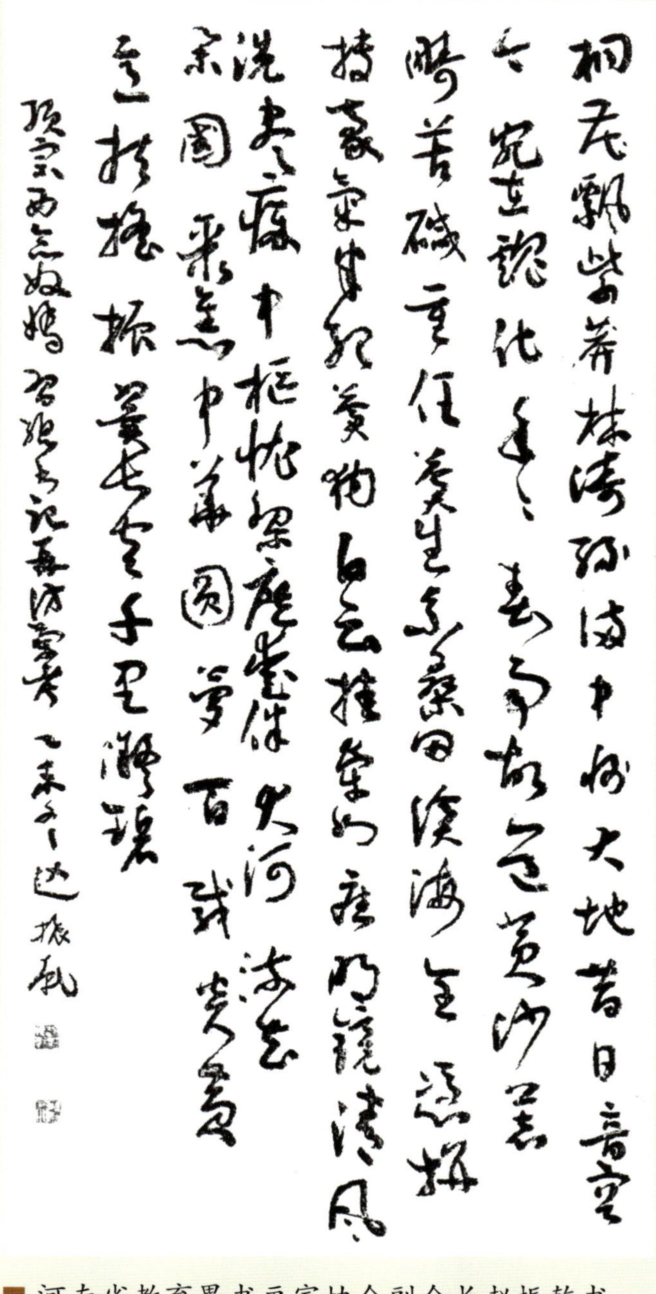

■ 河南省教育界书画家协会副会长赵振乾书，刻于郑州黄河石林

■ 参加十七大

■ 两会接受采访

■ 做客人民网

■ 老知青乐队

第三届中外诗歌散文邀请赛

项宗西《疏影清浅集》获一等奖

本报讯（记者 房名名）近日，由中华散文网、华夏博学国际文化交流中心主办，世界诗人大会中国办事处协办的第三届中外诗歌散文邀请赛揭晓，著名诗人项宗西的诗文集《疏影清浅集》荣获图书一等奖。

项宗西，笔名名西。2008年以来，在《人民日报》《光明日报》《中华诗词》《诗刊》等报刊发表作品，出版《春月清风》《春晖秋月》《春色秋光》等诗词和散文集多部。系中华诗词学会、《中华词赋》顾问，宁夏诗词学会总会名誉会长、中国作家协会会员。《疏影清浅集》于2015年10月由浙江文艺出版社出版发行，全书共收录作者近年来创作的诗词、散文、杂文和随笔等100余篇（首）。作为上世纪60年代的杭州支宁知青，40多年的墨上工作和生活经历，使其诗词、散文不仅清新透亮，而且兼具西北的雄浑豪放和江南的婉约细腻，具有鲜明的地域特征和时代情怀。

秋水长天集（自序）

　　这本集子问世的时候，应是正当塞上金秋、玉露生凉、稻浪翻滚的季节。斗转星移，岁月轮转，人们的心头充满了丰收的喜悦。

　　自2018年3月两会结束，本人到龄退休，真正是"车到码头，船到岸"了。伴随着退休生活的到来，人生又一个新阶段的起点开始了，对此充满了新的期翼和美好的憧憬。

　　退休伊始，第一要做的是把这三年（2015年5月至2018年10月）期间写作的诗词、散文、杂文、随笔作了整理和编选。领导岗位退出了，但我作为一个普通共产党员的身份没有变，作为中国作家协会、中华诗词学会的成员身份还在，反而在余下的日子里，可以有更多的精力和时间，响应习总书记的号召，为党的文艺事业、为中华民族的圆梦之伟业本着力所能及的原则再提供

序

一些正能量，再贡献一份微薄之力。

　　人生的晚年，比如季节之秋。此时想起了王勃的名句，"落霞与孤鹜齐飞，秋水共长天一色"，南昌滕王阁上极目远眺，天水相接，浑然一体，江涵秋影，山襟翠嶂，绚丽的晚霞和起舞的鹜鸟上下翻飞，一幅意境生动、色彩绚丽的画面，正如一位名人所说，最后的晚霞和最初的晨曦一样能光照人间。可谓"莫道桑榆晚，为霞尚满天"，应当以此自勉。

　　秋水长天相接构成了这幅动人画面的背景，起的是烘托和陪衬的作用。以这本集子来向学长请益，与文友交流，如果它对读者有所启迪，那就更令人高兴不过了。

　　因此将这本小书取名为《秋水长天集》。

　　是为序。

项宗西

2018 年 9 月

目录

目录

目录

畅吟辑

壹

水调歌头·登岳阳楼

行别长沙雨，晴上岳阳楼。枫红层岭初染，鹤影蓊芦洲。华发骋怀送目，浩渺烟波万顷。一洗古今愁，尽览巴陵胜，无限洞庭秋。　　楚天阔，君山碧，大江流。范公①千载无恙，相见话沉浮。五秩沧桑塞北，冰雪风霜肝胆，未敢忘乐忧。夕照斜晖里，楼记②诵从头。

刊于《第五届华夏诗词奖获奖作品集》

获第五届华夏诗词奖二等奖

---

① "范公"，即范仲淹。

② "楼记"，《岳阳楼记》。

畅吟辑

秋水長天集

　　放眼等高处，举步上层楼。望中万化千变，明月照江洲。莫道阴晴圆缺，直面悲欢离合，物象本无愁。黄菊经寒暑，红叶醉霜秋。　　夕阳照，枝头俏，竞风流。留驻桑榆剪影，落木气高浮。闻得林中归鸟，消弭世间离绪，常笑杞人忧。白发何须染，试比少年头。

敬和马凯同志《钗头凤·美哉中华诗词》

　　挥霞袖，心弦奏，唱和吟诵声情扣。春秋对，诗词配，千年赓续，大观云蔚。美！美！美！　　邀知友，金樽酒，丽词雄句英才口。苍黎贵，文思内，九州平仄，梦圆深味。醉！醉！醉！

刊于《中华诗词》（2017 年第 6 期）

畅
吟
辑

虞美人·桐庐行

　　双溪荻浦邻花海，古韵依稀在。漫江澄澈翠屏开，风净云烟山色画中来。　　弦歌一路携欢笑，忘却红颜老。杜鹃似火伴君行，半纪因缘难了富春情。

作于 2015 年 5 月 4 日

刊于《中华诗词》（2015 年第 9 期）、《光明日报》（2015 年 9 月 18 日）
《中华辞赋》（2015 年第 11 期）、《朔方》（2016 年第 1 期）
《诗国》（新十一卷）
获宁夏回族自治区成立 60 周年"荣光奖"主题征文活动二等奖

鹧鸪天·温州行

孤屿葱茏碧水分，嫣红黛绿一江春。兰舟烟雨楠溪韵，翠
嶂云涛雁荡魂。　　铺锦绣、织缤纷，潮头勇立鹿城人。"和
谐"①追梦鸣征笛，驰骋东瓯领绝尘。

刊于《中华诗词》（2015 年第 9 期）、《光明日报》（2015 年 9 月 18 日）
《中华辞赋》（2015 年第 11 期）、《朔方》（2016 年第 1 期）
《诗国》（新十一卷）

畅吟辑

———————————

①"和谐"，高铁机车名。

清平乐·回赠友人

贺兰离别，六载云和月。心系长河向三晋，正是早春时节。平生塞北关东，争先气势如虹。毁誉政声身后，琴心剑胆雄风。

友人原词：

清平乐

乍暖还寒，履新向太原。六盘贺兰山远去，万顷茫然春寒。鏖战流年西北，功名浮云一片。燕来晋城风起，枯草落花无言。

蝶恋花·悼余旭

　　花样年华金孔雀①。直击苍穹，敢揽重霄月。呼唤返航情急切，长空碧血书忠烈。　　泪洒神州悲咽绝。许国丹心，魂系千秋业。追梦强军告英杰，雷霆万里惊天阙。

刊于《宁夏日报》（2016 年 11 月 18 日）、《华兴时报》（2016 年 11 月 21 日）
《中华诗词》（2017 年第 1 期）、《中华辞赋》（2017 年第 1 期）
《六盘山》（2017 年第 2 期）、《黄河文学》（2017 年第 12 期）

①歼十飞行员余旭，擅长孔雀舞，故有"金孔雀"之誉。

畅吟辑

习总书记沙场大点兵

阴山锐旅势巍峨，

亮剑沙场朱日和。

铁甲涌流撼天地，

银鹰呼啸震山河。

党旗永在心头立，

锋刃更须戈壁磨。

强虏烟消如卷席，

三军唱彻凯旋歌。

刊于《宁夏日报》（2017 年 8 月 15 日）、《榆林诗刊》（2017 年第 3 期）
《诗词月刊》（2017 年第 10 期）、《朔方》（2017 年第 10 期）
《夏风》（2017 年第 3 期）、《黄河文学》（2017 年第 12 期）

戊戌春登杭州玉皇山有感

天目翠岚吴越间，

云舒霞蔚玉皇巅。

江声潮涌卷晴雪，

湖影芳菲拂柳烟。

故国千秋逢盛世，

人生七秩入华年。

农夫一介归原色[①]，

终老诗耕八卦田[②]。

刊于《中华诗词》（2015 年第 9 期）、《宁夏日报》（2018 年 7 月 6 日）

①八卦田在玉皇山下，春日景色宜人。
②本人原系一支宁知识青年，故应视为一个农夫出身。

畅吟辑

秋水长天集

桐城六尺巷^①

和煦春风起界墙，

小城幽巷几徜徉。

家书一纸高标在，

气度胸襟照此量。

刊于《宁夏日报》（2016 年 4 月 29 日）、《榆林诗刊》（2016 年第 2 期）
《夏风》（2016 年第 2 期）、《朔方》（2016 年第 7 期）
《中华诗词》（2016 年第 9 期）

①六尺巷的由来：康熙年间，大臣张英的家人与邻居吴家在宅界问题上发生了争执，谁也不肯相让。因双方都是名门望族，县官也调解不了。于是张家人千里传书到京城求救。张英收书后批诗一首云："一纸书来只为墙，让他三尺又何妨。长城万里今犹在，不见当年秦始皇。"张家人豁然开朗，退让了三尺。吴家见状深受感动，也让出三尺，形成了一个六尺宽的巷子。

咏桂

丹桂烁金香袭门，

天风送醉沐千村。

残荷只解听疏雨，

唯有此花能摄魂。

刊于《宁夏日报》（2015 年 10 月 27 日）、《榆林诗刊》（2015 年第 4 期）
《夏风》（2015 年第 4 期）、《朔方》（2016 年第 1 期）
《中华诗词》（2016 年第 2 期）、《诗刊》（增刊）（2017 年第 4 期）
获"朔方诗词奖"一等奖

畅吟辑

秋水長天集

昙花夜放

天阶月色影婆娑，

玉蕾冰芯隐碧萝。

瞬息芳华逸香魄，

痴心谁解付韦陀①。

作于 2015 年 8 月 20 日

刊于《宁夏日报》（2015 年 10 月 27 日）、《中华辞赋》（2015 年第 11 期）
《榆林诗刊》（2015 年第 4 期）、《夏风》（2015 年第 4 期）
《朔方》（2016 年第 1 期）、《中华诗词》（2016 年第 2 期）

①昙花又名韦陀花，昙花开放源于一则神话爱情故事。

赠仁永

寒窗风雨友同俦，

赤子为民分乐忧。

垄亩欲赢千里马，

杏坛敢比拓荒牛。

当年潇洒东河路，

今日开怀凤起楼。

桃李春风夕晖好，

袁浦江上看飞舟。

刊于《中华辞赋》（2015 年第 11 期）、《榆林诗刊》（2015 年第 4 期）
《夏风》（2015 年第 4 期）、《朔方》（2016 年第 1 期）

畅吟辑

运河之春

（一）

海棠花重紫樱濡，

荠麦青青水岸铺。

塔寺鸣钟客船到，

武林门外雨如酥。

（二）

黛瓦青墙灼灼桃，

轻扬丝柳隐廊桥。

水光尽染江南绿，

欸乃一声乡梦遥。

刊于《宁夏日报》（2016 年 4 月 29 日）、《榆林诗刊》（2016 年第 2 期）
《夏风》（2016 年第 2 期）、《朔方》（2016 年第 7 期）
《中华诗词》（2016 年第 9 期）、《中华辞赋》（2016 年第 10 期）

科尔沁草原之行

（一）科尔沁诗人节

八月金风卷绿涛，

草原盛会尽挥毫。

吟坛树帜科尔沁，

磅礴诗情冲碧霄。

作于 2015 年 8 月 16 日

刊于《中华辞赋》（2015 年第 11 期）、《朔方》（2016 年第 1 期）

《中华诗词》（2015 年第 11 期）

畅
吟
辑

秋水长天集

（二）马头琴

乐声缭绕舞轻盈，

万马奔腾弦上鸣。

美酒鲜花科尔沁，

琴声如诉最深情。

作于 2015 年 8 月 16 日

刊于《中华辞赋》（2015 年第 11 期）、《朔方》（2016 年第 1 期）
《中华诗词》（2015 年第 11 期）

（三）大青沟

流水濯缨泉眼开，

浓荫蔽日接天来。

金风挥洒千重彩，

蓝绿赤橙秋色裁。

作于 2015 年 8 月 16 日

刊于《中华辞赋》（2015 年第 11 期）、《朔方》（2016 年第 1 期）

畅
吟
辑

秋水长天集

赞南海军演

三沙浩淼四时春，

琼岛屏藩卫国门。

窥伺宝礁引狼顾，

妄裁废纸欲鲸吞。

锐师动出雷霆怒，

机舰齐发海色昏。

安得倚天亮神剑，

岂容祖域失毫分！

刊于《夏风》（2016年第3期）、《榆林诗刊》（2016年第3期）

岳母刺字

锥心滴血字千钧，

欲践慈恩岂惜身。

踏破贺兰平寇日，

尽忠奉孝报三春。

刊于《夏风》（2016 年第 3 期）、《榆林诗刊》（2016 年第 3 期）

《中华诗词》（2017 年第 1 期）

畅吟辑

赣东北行随记

登三清山

道圣巍然坐绝巅，女神破雾耸云天。

高低栈道临削壁，远近松篁拥碧泉。

福境幽深明净地，玉峰峻拔老庄缘。

春风千里万重绿，心入"三清"醉欲仙。

婺源行

（一）夜宿民居

将军府第福绥堂，

灯影思溪夜色茫。

花海铺金香满宅，

一帘幽梦到苏杭。

（二）乡风徽韵

黛瓦粉墙徽韵长，

近水浅山菜花黄。

一川烟雨千层瀑，

岭漫杜鹃红艳妆。

刊于《榆林诗刊》（2017 年第 3 期）、《宁夏日报》（2017 年 8 月 9 日）
《朔方》（2017 年第 7 期）、《黄河文学》（2017 年第 12 期）
《中华诗词》（2017 年第 10 期）

畅吟辑

秋水长天集

贺中华诗词学会第四次代表大会召开

大吕黄钟未惜迟,

金风骀荡焕千枝。

放歌华夏吟旗举,

盛会京师俊彩驰。

笔底雷霆动寰宇,

胸中意气付新诗。

共圆百载炎黄梦,

笑在群芳灿烂时。

刊于《榆林诗刊》(2015年第4期)、《夏风》(2015年第4期)
《朔方》(2016年第1期)

贺林正率团海南博鳌演出成功

椰韵琴声降天籁，

欢歌曼舞亚洲湾。

天生一曲海南恋，

"团座"春风展笑颜。

作于 2018 年 5 月

025

甲午迎春

岁逝银蛇舞凯旋，

春驰神骥跃长天。

吴钩尝胆从头铸，

青史重书甲午篇。

附：深蓝（洪大为）和诗

偶见情系宁夏川版块佳作《甲午迎春》，次韵敬和。

轮回时序又迎旋，

但见龙骧腾九天。

磨洗前朝双甲子，

兴邦尤待赋新篇。

咏高三丁戊戌春同学会

最美人间四月天，
同窗相聚尽欢颜。
湖光潋滟凭鱼跃，
莺啭柳阴花正嫣。

作于 2018 年 5 月

畅吟辑

秋水長天集

丁酉迎新

一夕春风绿万枝，

金鸡唱响凯旋时。

初心不忘家国梦，

再越重关挥锐师。

刊于《榆林诗刊》（2017 年第 1 期）、《黄河文学》（2017 年第 12 期）

新年赠同学群友

雪消冬尽又春归，

白发青丝几伤悲。

群友诗文音书画，

相知相伴暖心扉。

刊于《黄河文学》（2017 年第 12 期）

畅吟辑

秋水长天集

新春赠友

春风又度岭南时，
冰雪犹吟北国诗。
数点寒梅孕芳信，
一弯塞月惹情思。
乡关望断远山外，
故旧杳离云水西。
贺岁欲闻何所愿？
青松不老焕新枝。

作于 2017 年 11 月

刊于《光明日报》（2018 年 2 月 23 日）、《中华诗词》（2018 年第 3 期）

戊戌贺年

鸡鸣春晓逝丁酉，

犬跃尧天意正道。

海晏河清家国兴，

丹青泼墨绘金瓯。

刊于《中华诗词》（2018 年第 3 期）、《夏风》（2018 年第 1 期）
《光明日报》（2018 年 2 月 23 日）

畅吟辑

戊戌年有感

（用文山韵）

甲子又临戊戌年，

先贤报国力挽天。

其修远兮路漫漫，

青史今修勒石篇。

附：文山原诗

又到昏昏戊戌年，

捐躯君子在九天。

祖宗宗法不能变，

路漫漫兮求索难。

塞上雪

万树梨花春色娇，

飘飘洒洒落琼瑶。

旱塬谁解农家乐，

飞雪好歌丰稔谣。

刊于《中华诗词》（2018 年第 3 期）、《夏风》（2017 年第 1 期）

畅吟辑

江南春寒戏作

小楼一夜雨潇潇，
深巷明朝风料峭。
有意赏春花不发，
围炉无奈读"参考"。

作于 2017 年 5 月

"北烧烤、南桑拿"三伏天戏作

(一)

天堂虽美苦炎夏，

火热水蒸蔫百花。

"四甲"又闻新上榜，^①

温升爆表入桑拿。

(二)

连天"烧烤"未曾防，

炉火熊熊灼北疆。

大圣何时挥铁扇，

一风熄热送清凉。

作于 2017 年 8 月

———————

①报载，重庆、福州、杭州、南昌被评为全国四大"火炉"城市。

畅吟辑

035

秋水長天集

题画 "芙蓉图"

引来清水出芙蓉，

枝叶扶疏几朵红。

翰墨丹青明夕照，

百花丛里俏东风。

刊于《宁夏日报》（2018 年 7 月 6 日）、《华兴时报》（2018 年 6 月 29 日）
《夏风》（2018 年第 2 期）、《中华诗词》（2018 年第 9 期）

祝杨帆喜获千金

一鸣雏凤送佳音，

天赐得来（徕）千足金。

礼乐传家继同脉，

冲天指日报三春。

作于 2016 年 4 月

畅吟辑

随园春色

良渚金声振玉琮，

茗溪波映海棠红。

满园春色欲何往？

随苑双栖百卉丛。

刊于《宁夏日报》（2018 年 7 月 6 日）、《华兴时报》（2018 年 6 月 29 日）
《夏风》（2018 年第 2 期）、《中华诗词》（2018 年第 9 期）

秋水长天集

"中华诗词"大会飞花令

银屏春色炫奇葩，

宋韵唐风沐万家。

国运盛时诗运兴，

神州处处竞飞花。

刊于《中华诗词》（2016 年第 9 期）、《榆林诗刊》（2017 年第 2 期）

《宁夏日报》（2017 年 5 月 25 日）、《朔方》（2017 年第 7 期）

《黄河文学》（2017 年第 12 期）

畅吟辑

电视片《记住乡愁》

（一）

青山屏古镇，碧水载乡愁。

祖训传千代，感吟双泪流。

（二）

信义立青鬓，仁廉守白头。

炎黄承一脉，百族济同舟。

（三）

荧屏彰道义，椽笔著春秋。

名镇遍华夏，梦圆乡愿酬。

刊于《宁夏日报》（2017 年 5 月 25 日）、《朔方》（2017 年第 7 期）
《中华诗词》（2017 年第 8 期）、《黄河文学》（2017 年第 12 期）

观球赛
国足三胜小组出线

连年饮恨绿茵场，

雪耻今朝喜欲狂。

万众高歌义勇曲，

佳音万里越重洋。

作于 2015 年 5 月 4 日

畅吟辑

041

秋水长天集

贺女排夺冠

一锤定音势难当，

百折千回意气昂。

里约热罗竟何夕？

红旗漫卷泪飞扬。

刊于《六盘山》（2017 年第 2 期）、《黄河文学》（2017 年第 12 期）

观"情系宁夏川"组曲有感

（一）

锦扇题诗忆逝年，

江南秋月朔方圆。

赤诚谱就凌云曲，

情系梦萦宁夏川。

秋水長天集

（二）

相思迢递大河滨，

似水流年五十春。

岁月长歌响天籁，

一倾心曲共沾巾。

注：一百多名平均年龄六十五岁的杭州知青在杭州东坡剧院自编自导自演了组曲"情系宁夏川"，以庆祝下乡五十周年，情真意切，催人泪下。

刊于《宁夏日报》（2015年12月15日）、《光明日报》（2016年2月19日）
《夏风》（2016年第1期）、《黄河文学》（2016年第5期）
《中华辞赋》（2016年第7期）、《榆林诗刊》（2016年第2期）
《中华诗词》（2016年第7期）

回赠友人

（一）

一生征战展雄才，
病榻克魔亦壮哉。
电闪雷鸣风雨夜，
犹思报国戍轮台。

附友人原诗：

夜阑忽闻闷雷声，
雨弹光鞭惊煞人。
梦中轮台渐依稀，
屋后凄凄鹧鸪鸣。

畅吟辑

秋水長天集

（二）

锦扇题诗慰逝年，
江南秋月朔方圆。
赤诚谱就凌云曲，
情系梦萦宁夏川。

龙井茶聚

红叶黄花白首缘，

泉声笑语共潺潺。

九溪探涧心未老，

龙井问茶身欲仙。

风雨边关久离别，

清辉湖岭共婵娟。

落花时节翻新阕，

唱彻人间四月天。

刊于《榆林诗刊》（2016 年第 1 期）

畅
吟
辑

秋水长天集

附：王小如诗

挥别东升几十年，
再聚富春山水间。
往事历历堪回首，
秋虫唧唧难入眠。
鹤泉湖上芦花白，
民生渠畔沙枣甜。
翩翩少年添华发，
互道珍重唯康健。

塞上贺岁

雪拥贺兰晴岭驰，

吉羊催绿沁芳枝。

金猴跃起开新页，

春报朔方圆梦时。

刊于《宁夏日报》（2016 年 2 月 2 日）

畅吟辑

G20 杭州峰会赋

　　三吴地灵人杰，钱塘自古繁华。天目山千峰叠翠，大运河百舸通达。名都盛会，神采焕发。邀邦国而遍宇内，循丝路而达天涯。银鹰凌空振翼，高铁驰骋御风。冠盖云集，胜友相逢。政坛巨擘，经邦济世商国祚；商界精英，交流发展谋共赢。宾朋领东南之美，杭城极地主之情。有朋自远方来，不亦乐乎！

　　习总壮辞，语韵铿锵，不忘初心华夏梦；佳宾宏论，言旨殷切，意在创新促回升。峰会如桥，横跨中外，开放、沟通、对话；峰会似脉，纵贯古今，融合、包容、文明。

　　时维九月，序属三秋。江南神韵，西子情怀。湖涵荷影，清风晓露无穷碧；江逢秋汛，惊涛接天动地来。三潭明月清辉，双堤烟雨楼台。爽籁发而弦歌起，仙袂飘而舞姿盈。芭蕾惊鸿，采茶香沁；梁祝化蝶，月光奏鸣。春江花月梦境，高山流水深情。此曲只应天上有，人间能得几回闻？江南忆，最忆是杭州；天堂美，绕梁有余音。

　　共襄盛举 G20，天下自此重杭州。金山银山，绿水青山；

中国魅力，浙江风采。马可波罗印记，阿里巴巴气派。借盛会之良机，领风骚之百代。得湖山之灵秀，争创新之表率。前程似锦，气象万千；再踏征途，步履豪迈。之江潮涌，弄潮儿向涛头立；巨轮起航，直挂云帆济沧海！

刊于《中华辞赋》（2016 年第 10 期）、《钱江晚报》（2016 年 10 月 16 日）
《当代辞赋名家作品精选》

畅吟辑

盛会赋

——放歌十九大

晴空丽日，骀荡东风，扶摇万里神州。

华年盛事，俊彩星驰，京门盛会金秋。

百年筚路蓝缕，卅载薪胆苦尝；特色举旗，亿兆奋进；雄关勇克，燕然勒铭。终赢得：量子穿越，北斗导航；"神威"超算，"天眼"探幽。飞船九天揽月，高铁千里驭风；深潜五洋捉鳖，航母四海遨游。

层峦叠翠，绿水逶迤，江山如画堆锦绣；春晖雨露，民安国泰，黎庶击壤唱金瓯。

多少丹心碧血，无数浩气英魂，振兴中华愿方酬。更赖舵手，穿云拨雾，昆仑砥柱立中流。

华夏庆崛起，冠领誉全球！

鼓角催征，奏响黄钟大吕；初心不忘，挥写七彩华章。两个百年兆圆梦，千帆竞发再起航。

四个全面，改革创新，昂首迈入新时代；五位一体，共富国强，中兴大业众担当；一带一路，开放包容，雄韬伟略同擘画；从严治党，利剑出鞘，中枢令出动八方；吴钩新铸，枕戈待旦，犯我中华远必诛；中华一统，历史潮流，顺之者昌逆之亡。

星河转，万里风鹏正举；云涛起，华夏步履铿锵。

弄潮儿向涛头立，击浪放歌遏行云。撸起袖子加油干，醒狮跃起舞东方。

四个伟大彰宏业，青史千秋写辉煌。

诗云：

盛举同襄奏凯时，

镰锤金色壮英姿；

欲圆百载炎黄梦，

击楫扬帆奋锐师。

刊于《光明日报》（2017 年 10 月 21 日）、《宁夏日报》（2017 年 10 月 27 日）《人民政协报》（2017 年 10 月 30 日）、《夏风》（2017 年第 3 期）《中华辞赋》（2017 年第 11 期）、《中华诗词》（2017 年第 12 期）《黄河文学》（2017 年第 12 期）

畅吟辑

瑞安项岙霸王宫联

拔山盖世　生为人杰　名曜千秋垂青史
赓脉传家　泽佑后昆　百载圆梦领东瓯

宁夏老年大学成立卅周年志庆

卅载春风沐桃李

满堂花醉迎华辰

《中华辞赋》创刊十周年志庆

盛世橼豪书壮赋

华辰文苑秀奇葩

刊于《中华辞赋》（2018 年第 1 期）

宁夏回族自治区成立六十周年

故国千秋迎盛世

朔方六秩庆华辰

畅吟辑

秋水長天集

六十大庆塞上相逢

忆往昔，书生意气，离别正绚丽青春，大河激浪壮行色。

看今朝，战友心怀，相逢已沧桑岁月，阅海碧波添豪情。

获"走近新时代，谱写新篇章"——庆祝宁夏回族自治区成立 60 周年暨改
革开放 40 周年"全民阅读"楹联征集活动一等奖

登青铜峡黄河楼

把酒凭栏，揽月酹长河，千里绿畴随波去。

登楼作赋，御风临紫塞，一行白鹭迓日来。

获"走近新时代，谱写新篇章"——庆祝宁夏回族自治区成立 60 周年暨改
革开放 40 周年"全民阅读"楹联征集活动优秀奖

畅吟辑

银川新景

阅海苇风清，沃野千湖波涌碧。

夏陵岭色黛，骏山万壑雁鸣幽。

老知青民乐队演出

一

人生七十欲何求？
云卷云舒乐忘忧。
今日移情入丝竹，
采茶一曲慰乡愁。

二

锦瑟逢缘五十弦，
一弦一柱逝华年。
朔方弦断江南续，
相忆相思乐梦牵。

畅吟辑

三

九月秋凉沐桂风，
碧波微漾夜朦胧。
湖滨小酌情如故，
世事沧桑酒一盅。

四

故曲新翻觅旧踪，
绕梁不绝少时功。
神州振兴人难老，
铁板铜琶唱大风。

注：小乐队塞上分手五十余年，今日在西湖边重聚演出

改革开放舵手颂

一

赤县陆沉喑八荒，
拼将热血拯炎黄。
湘江北去浪千叠，
自此神州屹万邦。

二

百里鹏城楼宇煌，
通江达海五洲商。
莲花山上千重绿，
邓总英姿立莽苍。

畅吟辑

三

重托初心未能忘，
薪胆七年辛倍尝。
梁家厚土延河水，
为国擎天铸栋梁。

贺兰山百里葡萄长廊

殷红姹紫酿新醅，

戈壁荒沙锦绣堆。

百里绿阴五洲客，

葡萄美酒醉千杯。

作于 2018 年 11 月

畅吟辑

065

枸杞

枸杞生西北，
嫣红出朔方。
为君多采撷，
粒粒送安康。

作于 2018 年 11 月

秋水长天集

乡愁里的东河

在杭州的高中同学发起游遍杭州的活动，主要寻访发掘那些不太知名的古迹、景点，大家决定从城北的东河坝子桥起始。

身处西北的我一听到坝子桥这个熟悉的地名，不禁思绪如潮，驳杂斑斓的儿时记忆一下子都涌到眼前来，几多感叹。

我的少年时代就是在东河边度过的，那时坝子桥附近有块空地叫大营盘，顾名思义大概从前是驻兵的军营。1949 年后曾先后用作浙江师范学院和杭州大学的建设用地，我父亲曾在那儿工作，故家搬到东河和大营盘中间的沧河下御笔弄。为何称"御笔弄"（现称"御跸弄"），一定也有讲究，不过我未搞清而已。杭州作为一个江南城市，河道纵横，水系四通八达，"家家尽枕河"也就为常态。我们家出门几步就是东河，我上学的下城区第三中心小学后门也是东河，我家买菜的所巷菜场后面还是东河，小伙伴们上下学就沿着东河玩着耍着打闹着，一天要走好几遍。东河真是陪伴我成长的童

年之河。

要说东河就必提"东河第一桥"——坝子桥。横跨东河的桥不可胜数,坝子桥是最大最壮观的一座,位于河的最北端,桥名"坝子"是因附近有一座水坝。东河连接运河及市内其他水系,水位高低不同,需筑坝加闸以调节。小时我经常去水坝处观看船只、木排、竹排翻坝。翻坝是很费力又费时的事,运河的大船只能到武林门,进不了市区,小些的船可以翻坝入东河进市区,木排则要打散过坝,再由驶排的工人编好继续以后的行程。

坝子桥建于南宋,为三孔石砌拱桥,长60米,宽5~6米,长条石砌就的石台阶,十分牢实、精致。到了清代,又在桥上建歇山式重檐四角桥亭一座,亭柱为致密结实的八根香樟木,上书有"凤凰亭"匾额一副。为何亭名和桥名不一致,听当地老年人说,当时桥上常有凤凰来栖,故建此亭,现在就只能当传说听了。亭上存对联一副:"共水启文明,留棘院楚屏,左右逢源千古盛;艮山资保障,有仓箱杼轴,春秋利济万家欢。"坝子桥北临运河、西有中河,可称左右逢源,艮山门一带水陆码头、食储货场,再往北即为市郊,盛产蚕丝,也是丝织行业鼎盛的地方,仓箱杼轴,利济万家,确实很贴切。桥附近还有明月庵、定香寺、水星阁等古建筑,不知现在是否还能寻访到。

儿时的东河是一条市内的运输通道,货船不断,那时没有机动船，都是人力，撑篙的、摇橹的、拉纤的，河岸边没有专门的纤道，有的地方房子临河壁立，连下脚的地方都没有，因此纤夫们（一般一艘船就两三人，东河行不了大船）得两岸来回流动，好在河不宽，这岸没有下脚处就跳上船到彼岸。到了夏天，就能看到大水牛拉船的景象，就像北方马驾辕一样。黑色的水牛浮在船前头，顶着一双弯月似的大牛角，体量是北方黄牛的几倍，呼哧呼哧地喷着气，往往会吸引一帮小伙伴陪着看热闹，可以从坝子桥一直跟到宝善桥。我们小脑瓜里一直在琢磨这牛头和脊背都浮在水面上，哪来那么大的劲把重船拖向前进？现在想来，可能是东河河底深浅不一，碰到浅处四个牛蹄就吃上劲了，碰到深处就浮着过去，反正船行有惯性，船夫也可撑篙助力。直到今日回想起来，我还对那不惜力的黑水牛和那些绷紧纤绳、汗滴下土、弯腰屈膝的纤夫们充满了崇敬。他们是多么艰难、多么辛劳，不要说妹妹坐船头、纤绳荡悠悠了，那时他们的所得竟连温饱都是十分困难的。

东河也是小伙伴们童年玩耍历险的好去处，大人天天叮咛不许去河边玩耍，可他们一上班，那些嘱咐早都成了耳旁风。船上有人不让爬，但木排长长的谁也看不住，小孩们爬上爬下，在排上跳来跳去，不亦乐乎。排上有的地方有两三层木头，但有的地方只有一层，朝上一踩一滑就会掉下去，这就看你的身手是否敏

捷，万一掉下去钻到排下面，那就无出头之日了。还有竹排那更滑溜，敢上去的人就少之又少了。

我曾在宝善桥脚下玩水，一不小心滑到东河里去了，那时不会游泳，只觉得眼前尽是一片灰绿色，也喝了好几口河水，不知怎么瞎扑腾地又被同去的几个同学拉上岸来了，赶紧回去换衣服，晒衣服，以保证在父母下班回来前恢复原样。我的大弟一次放学回家不走东河边小巷，非沿着河玩着回来，从河边房子外边打的木桩上一个一个跨过来，结果掉下去淹得不轻。可能受了惊又着了凉，父母上班去了，命我在床边看着，照料他。只见他发高烧，满脸通红，满头大汗，见我在旁，问我："哥，是不是我快要死了？"我说："河里都没把你淹死，这么就会死？再坚持一会儿妈妈就下班了。"至今我还经常拿这件事打趣他。想起来那时每家都好几个孩子，我家四兄妹，父母都要上班，一天就让我们这么穷玩，瞎折腾着也就长大了，现在家里就一两个孩子，全家上下捧着、围着，怎么养育得那么难呢？

中学考上二中，再加上母亲学校又分到房子，我家就离开了坝子桥，搬到丰禾巷九中宿舍，实际那儿离东河也不远，每天上学还要跨过东河。等我离开杭州赴宁期间，大营盘那边的杭州大学又建了体育场路宿舍，我们家分上了父亲单位的房子，时隔七年，又回到了坝子桥畔。此时东河已经面貌大变，大营盘已成了浙江日报社的驻地，桥畔又新建了杭州电视台，桥北则是车水马龙的环城北路，路北仍是大运河——京杭大运河的终端。市里实施了浩大的东、中河改建工程，每次回杭面貌都不一样，货船早已绝迹，沿岸是漂亮的带状河滨公园，有露台、有亭阁、有曲径，有四季鲜花、绿草茵陈，水清鱼可数、船行起涟漪。春季梅花、樱花、杏花、桃花次第开放，秋季红枫、黄栌点缀，柳丝拂水，水杉亭亭直立。探家时经常伴父母沿东河漫步，那是和父母亲最难得、最惬意、最幸福的时光。到了探家回宁的前夕，我往往在傍晚时分独自到坝子桥上的凤凰亭坐一坐，以和家乡告别。一河碧水潺潺流淌，微风拂面，河两岸繁花绿草，充满生机，夕阳的余晖斜照过来，亭子的天花板上晃动忽圆忽碎的光斑。我在那儿遐思，想人生、想故乡、忆童年，思考回到宁夏又要面对的工作和生活的重担，心中充满了不舍和依恋。

东河，你是杭州市内普普通通的一条市河，在你的河水里流淌着我童年的身影和美好的记忆，我离开你踏入社会开始了人生的道路。物换星移、岁月沧桑，人到晚年愈加怀旧。东河水曾洗涤过我童年的灵魂，东河是安放我乡愁的河。它永远留在我记忆里最深最深的地方。

刊于《朔方》（2017年第1期）
《光明日报》（2017年3月31日）
《人民政协报》（2017年7月10日）

骈怀辑

秋水長天集

勇立潮头干为先

2016 年 12 月 28 日，这是一个将要载入宁夏，甚至国家历史的时刻——神华宁煤年产 400 万吨煤炭间接液化国家示范工程项目正式投入运营。

这是宁夏"一号工程"，也是世界上单套规模最大的煤制油工程。红旗招展、塔架林立、管道纵横，入夜灯火通明。宁东的戈壁荒原上，树起了一座规模宏大的煤化工新城。煤化工产品源源不断地从生产线流出，这批项目全面达产之时，其生产总值可以再造一个宁夏当下的工业。

此时此刻，人们不禁回想起敬爱的习总书记 7 月 19 日在视察煤制油建设工地时，目睹广大职工、技术人员热火朝天、挥汗奋战的场面，从心底里发出的振臂一呼，"社会主义是干出来的！"总书记的激励极大地鼓舞了全场职工和全区六百万回汉人民大干社会主义的斗志和决心。

"樱桃好吃树难栽，不下功夫花不开。幸福不会从天降，社会主义等不来。"

马克思说过："一个切实有力的行动胜过一打纲领。"邓小平同志说："世界上的事情都是干出来的，不干，半点马克思主义都没有。"

社会主义是干出来的，这是颠扑不破的真理。

干，首先要敢干。煤制油项目，从2004年起谋划筹备，到2016年投运，时间长达十几年，工程总投资达550亿之巨。国家发改委原副主任、能源局局长张国宝来宁时曾说，"这个工程的总投资已经超过我参与的被誉为'天路'的青藏铁路，几乎相当于整个三峡工程的投资，宁夏人确有一股敢干的精神。"

干，就要干出一流的成绩，向世界顶峰迈进。南非沙索尔公司是当时世界煤制油的老大，曾向我们开出了25亿美元技术转让费的天价。宁煤人不信这个邪，果断中止了长达数年的合资谈判，联合国内各科研、生产单位另辟蹊径，不但突破了技术瓶颈，而且装备国产化率达到了98%。这套装备生产出来的产品是世界一流的，这套自主研发的装备也是世界一流的，在产出油品的同时，宁夏又拿到了一个煤制油装备制造的高端产业。

干，就要不断地创新，不断地攀登科学技术高峰。煤制油项目承担了国家37项重大技术、装备及材料攻关任务，工程技术

骋怀辑

人员和广大职工负重拼搏、夙兴夜寐、流血流汗。原任中国化建六公司总工程师的梅占魁家在外地，在荒郊野外的工地上不懈奋战了近十年，直至生命的最后一刻。他亲自指挥起吊安装的世界最高大的气化炉，就好像他不朽的丰碑。不懈的创新取得了辉煌的成果，宁夏煤制油工程被誉为重构了世界煤化工的技术格局。原来想向我们推销设备的美国，这次反过来向我们引进设备。2016 年 9 月 3 日，宁煤集团在美国得克萨斯州和顶峰集团 CEO 签署了"神宁炉"技术输出的合同，实现了煤制油设备技术出口零的突破。

干，就要干出一个可持续发展的绿色工程。煤制油本身就是一个耗煤 2 千万吨以上的煤炭清洁利用工程，环保节能投资达 62 亿，占总投资的 10% 以上。循环经济、节能减排、资源综合利用，达到了"近零排放"。合成油品指标优于国 V 和欧 V 标准，可以大大减少尾气污染和雾霾的产生。

干，意味着担当，意味着责任；干，就是抓落实，不畏艰险，勇往直前。

小省区宁夏干出了世界级的大工程，又一次验证了"社会主义是干出来的"这条真理。在全面实现小康、实现"两个一百年"奋斗的征途中，我们取得了宁夏"一号工程"的伟大胜利，被称为宁夏"二号工程"的现代化绿色纺织基地正在如火如荼地推进。

接下来还有三号工程、四号工程……

　　风卷红旗如画。六百万回汉各族人民将遵从习总书记对煤制油项目的重要指示及大力振兴实体经济的重要要求，在党中央、国务院和自治区党委、政府的有力领导下，"干"字当头、只争朝夕、顽强拼搏，在宁夏大地上描画出最新最美的图画，和全国人民一道走向小康，走向现代化，实现中华民族伟大复兴的中国梦！

骋怀辑

相逢在最美人间四月天

　　四月的杭州，烟雨朦胧，春意盎然。春风拂过嫩绿的柳梢。梅花谢了，馨香如故；樱花飘落，落英缤纷；桃花正艳丽，杜鹃尽含苞。

　　在如此美好的季节里，我们将近四十位相隔半世纪之久的杭州二中 65 届高三丁班同窗和老师欢聚一堂，庆祝我们的五十周年班庆。

　　"欢笑情如旧，萧疏鬓已斑。"

　　我们欢呼雀跃，我们热情拥抱，畅叙离情，回首往事，泪水伴着欢笑！

　　我们几乎与共和国同龄，我们为祖国的建设和发展、改革和开放尽了最大的努力，付出了青春和热血。如今踏遍青山人未老！

　　我们与共和国的建设和发展同步。我们为参与建设中国特色社会主义的千秋伟业而感到无愧于人生。

弦歌不辍，一路欢笑，一路徜徉在春天江南的大地上。我们畅谈人生，畅叙友情，富春山水如画图，青山如黛山花红。歌声动人，舞姿翩翩，大家似乎返老还童，比五十年前的高中时代还要年轻十分。

师生情深，同窗意浓。春光明媚，暖意融融，三天相聚毕生难忘。

在分别时刻，我们相约，五十五年班庆再相会，六十周年班庆再相聚……有青翠的天目群山作证，有美丽的西子湖作证，有祖国美好的人间四月天作证。

手足情深，风雨同行五十载，

师恩浩荡，春晖共沐一生缘。

欢聚是短暂的一瞬，

友谊是长存的永世。

高三丁班的老师同学们：愿春光常驻，愿青春永葆！

（2015 年 4 月 16 日节选于高三丁新浪博客）

骋怀辑

再访东升

20 世纪 60 年代后期，我们来宁夏下乡插队的一部分知青就落户在永宁县的县农场，农场撤销后改为东升村。东升村紧贴着黄河，与现在的河东国际机场一河之隔，遥遥相对。

于是这块原名东升二队的地方，就成了那帮年已超过 65 岁的老知青的"圣地"，每年都有人不远千里来此"朝圣"，寻找失落的青春记忆，探望这块曾经挥洒过热血和汗水的第二故乡。

作为一个在宁的杭州老知青，我每年都有机会陪同当年的知青战友去探访曾经的知青点，以了结他们多年的心愿。

前日，X 君偕夫人来宁夏。他夫人是当年下乡到六盘山下固原十字公社的杭州知青，他则在永宁县下乡。来宁时间只有短短的四天，决心一不逛沙湖，二不游沙坡头，唯一的心愿是到两人插队过的地方作怀旧之行。适逢周末，我把女婿连人带车都抓了差，四人直奔永宁而去。在 X 君心目中，永宁当初只有一条街，十五分钟从南到北可走到头。今日，永宁县城街道纵横交错，他大呼摸不着东南西北了，而且从银川到望远到永宁已经连成一片，好像一直都在城里走。走完县城，我们又沿滨河大道直奔昔日的东升而去。

谁想新农村建设变化之大，这次竟怎么也找不到原来的路了。滨河大道两侧全是繁密的林木、草地、水面，满眼都是绿色，一切都隐没在绿荫丛中。印象里，老东升就在政权村的北边，找了一条土路开进去再说，向北走估计不会错。谁知这条小路一直在一大片茂密的林带里穿行，只见望不到边的高低错落的乔木、灌木，以及水面和远处成片的稻田。路边既无人家也无人影。这一带我当知青时常来，全是荒滩和碱地，现在除了满眼绿色，那条可以通行马车的砂石路踪影全无了。

救星终于来了，拐过弯前方有一个老人悠悠地骑着一辆半旧的自行车正和我们同向而行。

"老人家，你知道去原来的东升老二队的路怎么走呀？"

"东升老二队？现在没有东升了，都并到政权村了，你们问的是不是当年有杭州知青的地方呀？"

从口音和年龄上他也大致判断出我们大概就是昔日的知青。

"咳，真是碰巧了，碰到年轻一些的，保证问不响，那时间我才十来岁，几十年了。"他应该比我们小，但黝黑的脸庞和苍

老的面容看起来比我们还老。

老人继而热情又耐心地给我们比画路怎么走，怎么先找到永清沟，然后朝左拐……比画半天，突然一拍衣服说："算了，我给你们带路吧！"没等我们阻拦，他不由分说推上自行车就骑，让汽车在后面跟，而且使劲把车子骑得飞快，挡都挡不住，骑出约摸有二三公里，我们说啥也不让他带了，看他满头大汗，把老人累坏了怎么办？

"老人家，还有多远？"

"不远了，这段路到头有条沟就是永清沟。"

"行，找到永清沟我们就能找到地方了。"

"把你累的，请问你贵姓？"

"我姓付，下河村的，今天来看我的羊圈来了，这会儿回家呢。"

啊呀，下河村和他刚才骑得这段路完全南辕北辙，这是专门为我们带路才猛骑了这一段。一股暖流涌上我的心头，"怎么谢你才好呢？"车上什么也没有，只摸到一瓶矿泉水，"喝点水，缓口气，回去慢慢骑，不要累着了。"我们目送这位可爱的老人调转车头消失在绿荫深处。

后来当然一切顺利，老知青点又变了，变成了村部，盖起了幼儿园、养老院、超市等建筑，周围还多了许多独栋的新民居，可惜所遇到的都是年轻人，一个也不认识，他们也完全不了解那段历史，只是"笑问客从何处来"。永清沟还在缓缓地流淌，不过水变清了，黑臭味没了，又恢复到了以前的样子，知青点的"标志性建筑"——民生渠渡槽，还静静地横卧在那儿，已经被绿树所包围，林子后面是成片的随风起伏的稻浪，即将成熟的稻穗低下头来，预示着今年又是一个好年成。我们把这一切都一一录入到相机的镜头里面，风风雨雨半个多世纪，渡槽目睹了一切，想当初知青们在一天繁重的劳动之后，经常把渡槽当作跳台，向永清沟来个高台跳水洗却满身尘土，它是沧桑变化的见证者。

迎着西照的斜阳，我们登车踏上返程的路。X君夫人还在念叨那位带路的老人，"宁夏的老百姓太淳朴了，太可敬了。"是的，任凭岁月如流水，知青对这片土地的牵挂还在，当地百姓对知青的那份情谊还在！

骋怀辑

榜样就在我们身边

今年二月下旬，《新消息报》报道的两则新闻吸引了人们的眼球。

一则是寒冷的冬夜，零下十几摄氏度的街头，一位八十岁的老奶奶还在守着小小的摊位，一个90后小伙子路过看到，心有不忍，拿出五百元现金，将她所卖的棒棒糖悉数买下，让她提早收摊回家，免去一夜的劳累和寒冷，被誉为"给这个冰冷的夜晚带来了温情和暖意"。

热心的网友很快查证出这个热心的年轻人就是中国联通公司灵武分公司的客户经理李肖，一贯敬业乐群、乐于助人，参加工作四年已成为基层员工骨干。

一则是报道宁夏医科大学总院肿瘤医院外一科53岁的主任医师何卫彪在连续接诊了七十余位患者后倒在门诊室的岗位上，再没有醒过来。医院每天给何大夫放五十个门诊号，但因为医术精湛，经常有人慕名而来，他不忍拒绝，因此他每次上门诊看七八十个病人成了常态。他一年要做五百多台手术，往往一个手术时间长达六七个小时，有一次连续做手术达 24 个小时之久。

无独有偶，有一次何大夫巡视住院病房，见到贫困山区一名患者带着一袋子干饼子充饥，只是为了节约几元伙食费。他便拿出一笔钱把饼子全部买下，让患者拿钱去买热饮热食，并告诉患者，你的病不能咬这么硬的饼子。这样的小事对何大夫来说是司空见惯、常年不辍在做的。

身为肿瘤科主任医师，却倒在凶险的脑血管瘤破裂的病魔前。医院每年都给员工体检，可惜的是事后大家清理遗物时才发现，连续两年的体检报告都躺在他的办公桌抽屉里没有启封，他实在忙得顾不上关心一下自己。

他们俩一位是已过知天命之年的名医，一位是正值青春年华的基层员工。在他们身上，我们看到的是文明和谐、爱国敬业、诚信友善的社会主义核心价值观的生动体现，他们是爱国家、爱人民、心怀大爱的人，为此把个人置之度外，甚至可以不惜自己的生命。他们也是修齐治平、崇德向善、仁爱和合、孝老爱亲、孝悌忠信、扶危济困等这些中国五千年历史优秀传统文化的继承者和践行者。中华民族之所以伟大、坚韧、历久不衰，正因为有了代代相传的古之贤人君子、今之英雄模范。他们便是中国的脊梁。

骋怀辑

为了实现习总书记提出的中华民族伟大复兴的强国之梦，我们必须建立起高入云天的物质文明的大厦，同时，也要建立起与之齐平的精神文明的大厦。

这两个动人的事迹都没有出银川市的范围，就在我们眼前。典型并不遥远，榜样就在身边。正如著名学者、北京电影学院教授崔卫平所言："你所站立的那个地方，正是你的中国。你怎么样，中国便怎么样。你是什么，中国便是什么。你有光明，中国便不黑暗。"

时值神州大地又一次掀起向雷锋同志学习的高潮之际。向我们身边的榜样——何卫彪、李肖学习，具有特别重要的意义。

有关钱氏家训和家风的话题

　　近代繁衍于江浙的钱氏家族，是一个人才辈出、群星闪烁的族群，其始祖乃五代十国时期吴越国的创建者，杭州临安人钱镠。千年以来，从钱氏家族走出来的文学家、科学家、政治家、外交家灿若星海，数不胜数。不说以前，光是近现代就有："两弹一星"元勋钱学森、钱伟长、钱三强、钱骥；在关键时刻挽救了党中央首脑机关的"龙潭三杰"之一钱壮飞；大学问家钱钟书、钱玄同、钱穆、钱逊、钱君匋；国之重臣钱正英、钱之光、钱其琛；海峡彼岸的大学问家，在美、中国大陆、台湾均担任院士的台大校长钱思亮及其三子钱纯、钱煦、钱复……名单可以拉得很长、很长。

　　这个家族何以大师辈出？其重要原因之一乃是千年一贯严谨的家训、家教形成的家风。钱镠在任吴越国王时治国有方、保境安民，兴渔桑、修海塘、防海潮、防洪抗旱，使当时吴越之地岁熟丰稔、人才荟萃、百业兴旺，为"上有天堂、下有苏杭"奠定

了基础。钱镠修身治家十分严谨，其制定的八条家训涵盖了社会生活的方方面面。如对个人，"心术不可得罪于天地，言行皆当无愧于圣贤"；对家庭，"祖宗虽远，祭祀宜诚；子孙虽愚，诗书须读"；对社会，"恤寡矜孤，敬老怀幼""兴启蒙之义塾，设积谷之社仓"；对国家，"执法如山，守身如玉"，"利在一身勿谋也，利在天下者必谋之"。临终前他又颁布子孙须遵循的十条，要求代代相传，严格遵循，不得有违。如第一条，"心存忠孝，爱兵恤民"。第三条，"要度德量力而识事务，顺天者存，民为贵，社稷次之，免动干戈"。其后世钱弘俶正是遵从此训，为解江南千里刀兵之祸，毅然于公元 978 年入宋京开封，将所辖江南十三州之土归降大宋王朝，实现了中华一统，避免了吴越之地的一场恶战浩劫。又如第八条，"凡此一丝一粒，皆民人汗积辛勤，才得岁岁丰盈。汝等莫爱财无厌征收，毋图安乐逸豫，毋恃势力而作威。毋得罪于群臣百姓"，告诫后人不得横征暴敛、作威作福。

钱学森赴美留学时其父钱均夫根据家训专门为其写了庭训："人，生当有品：如哲、如仁、如义、如智、如忠、如悌、如教！吾儿此次西行，非其夙志，当青春然而归，灿烂然而返！乃父告之"。谆谆：告诫其要发奋学习，学有所成然后返回报效祖国。钱学森牢记此训，学成之后克服重重阻力毅然回国效力，为中国

"两弹一星"伟业作出了突出贡献，功高盖国、名垂青史。

中华民族自古以来就强调"修身、齐家、治国、平天下"。加强自身修养，立德树人，管理好家庭然后才能治理好国家和社会。这方面钱氏家训和家风家教为我们作出了最好的范例。

家风的培育和传承是我们践行社会主义核心价值观的一个重要支撑。最近习近平总书记指出："从近年来查处的腐败案件看，家风败坏往往是领导干部走向严重违纪违法的重要原因"，并引用了三句古训告诫大家："将教天下，必定其家，必正其身"，"莫用三爷，废职亡家"（三爷即少爷、姑爷、舅爷，指重用至亲），"心术不可得罪于天地，言行要留好样与儿孙"。国家又称家国，家风是基础，家风不正，社会风气又何以正？礼崩乐坏、贪欲丛生，文臣贪钱、武臣惜死，必定造成国家积贫积弱，进而亡国灭族。"四十年来家国，三千里地山河"，南唐李后主，国破家亡，皇帝自己的家都保不住，"一旦归为臣虏，沈腰潘鬓消磨"，只好"垂泪对宫娥"了。没有国哪有家，覆巢之下岂有完卵？

作为国，也是千千万万的小家组成的，家庭是社会的基本细胞。家风好了，民风、政风、社会风气必正，坑蒙拐骗、诚信缺失、贪污受贿必无容身之地。通过良好家风、家训的传承使每个家庭细胞都健康而又活力，整个国家必定是生机勃勃并强壮有力的。

良好的家风是中华文明绵延五千年而长盛不衰的优良传统，

骋怀辑

教我们如何立身处事，如何对国家和民族有担当，对社会有责任。传承和弘扬传统美德，倡导崇德向善，方能为圆中华民族振兴之梦奠定良好的基础。

曾作为中国七大古都之一的杭州在西子湖畔留下了不少古寺、名刹、宝塔、祠堂，但纪念历代帝王的则只有钱氏一家。清波门有钱王祠，隔湖相对有保俶塔，都是我儿时经常去玩的地方。待到长大知事，读懂了祠内陈展的内容，才知百姓对钱氏家族年年祭祀、世代怀念的缘由。

当年返乡探亲，写过小诗一首：

雨中钱王祠

祠外清波濯落红，

钱王御雨亦从容。

功高岂止安吴越，

巨擘名臣百代忠。

钱氏对国家的贡献绝不止是避免了吴越的一场战争浩劫以及贡献了如此之多的报国之英才，其家训和家风更是中华民族优良传统的具体体现，是我们必须代代传承的无价之宝。

满城尽飘黄丝带
——赞"东方之星"救难中的监利人

湖北长江之滨有个名叫监利的县城，如果不是这次"东方之星"客轮的翻沉事件，全国知道监利这个地方的人恐怕不多。

然而现在全国不知道监利的人几乎没有了，不但因为它是大灾难的发生地，更因为监利人在这场大难当中表现出来的大爱之心、大善之举，深深地打动了人心。

一场惊天动地的灾难在长江上发生，一场举国动员的救援行动在监利境内展开。上至中央，下至地方，军地联合，海陆空立体救援。全国东西南北中，成千上万的救援人员、志愿者向监利涌来，成千上万吨的物资、成千上万台的设备朝监利集中。

监利人怎么办？

他们没有袖手旁观、看热闹，当"麻木的看客"，他们更没有抬物价、敲竹杠，发灾难财。监利人对受难者的伤痛感同身受，

骋怀辑

091

给生者以温暖，给逝者以尊严。监利人行动起来了，进行了全县的爱心总动员。

他们承担了境内长江江岸、江面的搜救工作，倾覆瞬间飘离的遇救者几乎都是监利的渔民和船工救上岸的；他们承担了伤员的救治工作，确保了救援交通的顺畅，治安秩序的稳定；他们承担了餐饮服务、接待办公的保障；他们……

每一个监利人都在思考如何为这次灾难奉献一份爱心。部分市民在当地电台倡议发起为沉船救援提供无偿帮助的黄丝带行动，获得积极响应。不到五分钟，电台大院里就来了几十辆出租车和私家车。第二天，1500多辆系着黄丝带的车辆奔走在全县的大街小巷。连送快递的三轮摩托也系上了黄丝带，司机师傅说，拉不了人，可以帮着免费拉行李。修车行为"黄丝带"免费维护保养。餐饮店为遇难者家属和救援工作者、志愿者提供免费饮食，宾馆为他们提供免费住宿。房间不够，当地居民还主动腾出了几百间自住房，备好了新被褥和生活必需品，接待遇难者家属和救援工作者、志愿者。

监利人深刻铭记1998年长江抗洪当中，全国四面八方的抗洪大军来到荆楚大地，抗击惊涛骇浪，使监利人免遭灭顶之灾。监利人应当感恩、报恩。现在他人有难，他们不求什么回报，只想尽自己的微薄之力为遇难者祈福，为遇难者家属分担一些悲痛，送去一片温馨和安慰。

当人们还在为当前世风不故、浮躁逐利向钱看而痛心疾首的时候，不妨看一看帮困救难、无私奉献的监利人；当我们正在努力践行社会主义核心价值观的时候，不妨学一学急人所难、温暖人心的监利人。

良知和良心并没有泯灭，中华五千年传承的道德传统仍在发扬光大，在监利人身上，我们看到了国家的未来，民族的希望！

荆楚大爱监利人，满城尽飘黄丝带。可敬可爱的监利人，全国人民为你们点赞。

骋怀辑

一座图书馆和一位拾荒者

　　杭州图书馆又一次在全国声名远播了。

　　上一次是在 2011 年。该馆的办馆方针是"平民图书馆、市民大书房"，对所有读者免费开放，哪怕你是拾荒者、乞丐，都可以自由出入图书馆，就像走进自己的书房一样，唯一的要求是把手洗净。有些人就此事找到馆长褚树青，说允许乞丐和拾荒者进馆是对其他读者的不尊重。褚树青馆长的回答是："我无权拒绝他们入内读书，但您有权利选择离开。"这条堪称经典的回答，2011 年在网上传遍全国，被转发一万五千多次，评论近四千条，褚树青馆长也一度成了网络名人。

　　2012 年恰逢宁夏党政代表团赴浙江洽谈招商合作，我们特意选了杭州图书馆作为参观点之一。无论是理念、管理、硬件、软件，图书馆新馆确实是一流的，我们取了不少经，收获颇丰。参观结束时，我特地找到褚树青馆长表达了我的敬意。他看起来很年轻，大概也就四十岁上下，显得文雅、谦和、热情。我说："小褚，你那段话传遍了全国，说得好，堪称经典，我都把它抄到名言摘记本里了，现在你在全国有不少粉丝，我也应该算上一个。"他显得很不好意思，回答我说："根据办馆理念，我们是这样想的，也是这么做的，自然就不假思索地这样回答了，没想到会引起这么大的议论，今后我们还应该做得更好。"

而这次杭州图书馆再一次进入公众的视线是因为它的一位常年读者、拾荒老人韦思浩遇车祸去世。

这个经常满身污渍的拾荒老人已是"读龄"长达十几年的老读者了、当然每次翻阅图书之前他都会仔仔细细地洗净双手。

原来他并非单身一人，还有三个女儿，不过都在外地工作，也经常回来探望他。

他并非文化程度低下，他是大学中文系毕业，退休的中学一级教师。

他并非经济困顿，入不敷出，他的月退休工资就有五千多元。

他并非无家可归，他在万家花园小区还有80平方米的住宅。但为了省钱，没有装修，直接住在毛坯房里。

他为什么还要去拾荒，连他的孩子们都不理解，但他们尊重父亲选择的生活方式。

直到清理遗物的时候，一切才真相大白。他留下了一堆证书，"希

骋怀辑

望工程结对救助卡""扶贫公益助学金证书""捐资助学证书"，被资助学生写给他的信件和成绩单，还有签好字的去世后的遗体捐赠志愿表。他给穷困学子捐助用的不是真名韦思浩，而都用化名魏丁兆。他过着苦行僧式的生活，而为贫困学子奉献了自己所有的一切。

面对着这感人的事迹，无数人都感动得洒下了潸潸的热泪。

什么叫作毫无自私自利之心；

什么叫作毫不利己专门为人；

什么叫作全心全意完全彻底。

面对韦思浩的所作所为，一切评价、议论、赞美都显得苍白和多余的了。

有读者建议在杭州图书馆内给韦思浩塑一个雕像，让他永远陪伴着成千上万在这个知识的海洋汲取智慧力量的读者们。

韦思浩无疑是新时期的张思德、白求恩、雷锋的化身。以史为鉴可以知兴替，为铜为鉴可以正衣冠，以他为对照，可以洗却尘世的浮嚣，抖落功利的尘埃，净化自己的灵魂，提升人生的境界。

人们为当今社会上的道德缺失、金钱第一、世风日下而焦虑和忧心，但我们更应该为韦思浩、褚树青们的存在而庆幸和欣慰，从他们身上，我们看到了国家和民族的希望所在。

刊于《宁夏日报》（2015 年 12 月 29 日）

《华兴时报》（2015 年 12 月 30 日）

一桩上访案

在某省出差，遇到一位信访局长，听他讲述了一件上访案的处理过程。

前不久，某位省领导接待日值访，约来了相关市的领导及有关人员一同接访。这是一件持续上访多年的积案。案由为某市属国有企业拖欠一个运输个体户4.3万元运费，达十几年之久。上访人一直追讨未成，不断上访，久拖不决。

各方共同审定拖欠事实及欠款数额，均确认无误。欠款方提出，产生这笔债务的国企，已破产清算多年。当时判定清偿率为8%，即每100元偿付8元，这笔运费应视为债务，只同意支付债权人4.3万元的8%，即3000余元。

上访人则坚持要求全额清偿欠款4.3万元，若只付一个零头，还不够这十几年上访的花费。

双方僵持不下，无法达成妥协，待领导最后表态。

097

　　领导听完，神色凝重，对该市的人说，4.3万元对一个困难群众来说是一笔巨款，你们本应及时结清，就不致发生拖欠十几年的怪事。企业破产早已了结。此事应特事特办，再不要提什么清偿率的事，由市上和省里共同出资把4.3万元付清。此事依此办理，彻底了结。

　　听至此，上访人感动落泪，竟跪谢不起。

　　信访局长倍感欣慰，一件使人头痛不已长达十几年的上访案就此尘埃落定，画上句号了。而他预计会提出索要那长达十几年所产生的利息的事，上访人不仅只字未提，反而再三感谢，满意而去。

　　笔者对此事不予评论。而欲将"看了《一件上访案》的感受"作为考题推荐给组织人事部门，是否可作为公务员考试之用。

男子 400 米自由泳决赛的输与赢

——奥运系列之一

奥运会男子 400 米自由泳决赛结束了，澳大利亚年轻选手霍顿得了金牌。在速度上他确实赢了，虽然只快了区区 0.13 秒，但这就是金牌和银牌成色上的差距，别人无话可说。

可奥运会仅仅是个竞技场，光论成绩吗？否，奥运会更重要的是体现奥运精神，更快、更高、更强，奥运也是团结、风格、气度、胸怀的竞赛。在这个赛场上，霍顿是彻彻底底地输了，在大家眼中这个金牌获得者不过是个近似于无赖的无礼又失人品的人。

请看霍顿的表现。赛前孙杨主动和他打招呼，遭其白眼。赛后在泳池中孙杨主动欲与其携手庆贺，他视而不见。更为可恶的是，他还对媒体说"孙杨是嗑药的作弊者，我一点也不尊重他"，讽刺孙杨是"兴奋剂选手""吃药的骗子"，称自己夺冠是"好

人的胜利"。他的这番恶俗的表现，马上让他这个金牌选手的形象一落千丈，不但被中国的网民怒斥，也受到了包括他本国在内的世界观众的谴责。

孙杨真是"嗑药的作弊者"吗？这个结论是你霍顿有资格下的吗？孙杨有资格和你同场竞技就说明他是国际奥委会认可的清白的选手，你凭什么恶毒地中伤、污蔑他呢？

实际上，孙杨曾误服过治疗心脏病的药物，含有名为曲美他嗪的成分，他提供的误服证据被国际奥委会承认。更有意思的是，这种药在2014年被列为禁药，但到2015年就解禁了，现在服用就不算违规，规则的改变使孙杨纯属躺着中枪。

孙杨没有还击，他选择承受一切。他的大度赢得了千万人的赞扬和支持，他默默地在准备下一轮的较量，毕竟比赛才刚刚开始。

霍顿则被千夫所指，他赢得了金牌却丢失了人格。他丢了自己的人不说，也损害了他的祖国澳大利亚的形象。

最好的回答是用实力，用更多的金牌、奖牌来证明自己。孙杨再度证明了自己，赢得了奥运会男子200米自由泳金牌，这是中国游泳项目在本届奥运会上的首金。

我注意到首日的奥运奖牌榜是澳大利亚第一，但进入第二日后不久即被中国超过。不论碰到多少干扰和阻碍，中国奥运军团将扎扎实实地前进，不但把更多的奖牌收入囊中，而且还将中国运动员的文明风采展示给世人。

刊于《宁夏日报》（2016 年 8 月 10 日）、《华兴时报》（2016 年 8 月 10 日）

骋怀辑

惊心动魄的逆转

——奥运系列之二

奥运会男子举重 56 公斤级项目，中国举重队在这个赛场上默默无闻已达八年之久，由土耳其神童穆特鲁保持的该项目世界纪录也已沉睡了 16 年。8 月 7 日，中国选手龙清泉向其发起了冲击。

龙清泉在八年前的北京奥运会上曾拿过该项目的金牌，但却从此状态低迷，连伦敦奥运会也未获选参加。而他的对手却是上届伦敦奥运会冠军，被称为挺举王的朝鲜选手严润哲，他在该项目上称霸世界已达四年，上届奥运会和其后的连续三次世锦赛冠军都被他所获，实力正处于巅峰状态。

看来这枚金牌并未在中国举重队必得的计划之中。要向严润哲发起冲击，必须先在抓举上尽可能多地领先于他，因为到了挺举阶段，严润哲几乎无人可敌。上届世锦赛龙清泉在抓举上赢了他三公斤，而挺举过后总成绩反而输了两公斤。

比赛从抓举开始，第二把龙清泉失手于 135 公斤，为了确保抓举能赢三公斤，第三把龙清泉竟直接要了 137 公斤并获得了成功。接下来的挺举比赛更是曲折起伏、扣人心弦。严润哲的挺举成绩最好是 171 公斤，而龙清泉只有 162 公斤。龙清泉举起 161 公斤后严润哲则举起 165 公斤，总成绩反超。这时候龙清泉只能豁出去一拼，要了从未征服过的 166 公斤并挑战成功。严润哲随之反击，在最后一把举起了 169 公斤，这样总成绩就和龙清泉齐平，从而因体重比龙清泉轻 110 克而稳获金牌。

龙清泉被逼入绝境，他只有在最后一把向 170 公斤发起冲击，才有可能战胜严润哲。最后，在全场震天动地的加油声中，他绝地反击、奋力一举，成功将杠铃稳稳举过头顶。暌违了八年的奥运金牌又回到了中国，尘封了 16 年的世界纪录被打破，举坛的中国泉龙一飞冲天。

赛后媒体记者采访他时问道："你掂量过那 170 公斤重量有多重吗"？龙清泉回答："那时我要把它举起来的决心远远超过那个重量。"

是的，淡定从容加不折不挠，雄厚的实力加拼搏的精神是制胜的法宝，何况他身后还有祖国强大的后盾、团队有力的支撑以及他那温馨幸福的家庭中妻子和孩子期待的目光。

光荣属于这位 26 岁的帅小伙，奥运冠军——龙清泉。

刊于《宁夏日报》（2016 年 8 月 11 日）、《华兴时报》（2016 年 8 月 11 日）

骋怀辑

也谈中国人的"金牌情结"

——奥运系列之三

中国队首日无金，几块原来设想较有把握的金牌都没有拿到手。按照经常惯例，应该会出现铺天盖地的指责、讥讽、嘲骂，甚至还有媒体的质疑。然而，出乎意料的是不但这些声音统统没有出现，反而是一片安慰、鼓励、加油之声。这使中国军团大受感动和鼓舞，第二天就逆转形势一举拿下了三金一银。

连国外媒体都惊讶了，中国人好像变了，变得不那么计较奖牌了。是的，随着国力的增强，国家地位的升高，国人的素质和修养也逐年提高，变得更加理性、宽容、自信。况且争金夺银也变得寻常，今天丢了，明天拿回来；这个项目丢了，那个项目拿回来，我们的体育健儿有这个能力。

金牌变得不重要了吗？不是，国运盛则体育盛，奖牌自然就拿得多。回想几十年前中国穷得连选手参加奥运会的路费都没有，每每抱得零蛋归，四万万五千万同胞派出的代表在赛场上人家都不把你当回事，何来的尊严和荣誉。而现在，随着五星红旗在赛场一次次升起，雄壮的国歌一次次奏响，作为中国人是多么激动和自豪。世界体育界谁也不会再小看中国，如果给你使点小绊子，泼点脏水，那纯粹是羡慕嫉妒恨的产物而已。金牌体现了更快、更高、更强的奥运精神，体现了国家的尊严和荣誉，民族的荣耀，也是奥运选手们自身价值的体现，靠实力和拼搏取得的金牌多多益善。

一切为了金牌的唯金牌论也是不可取的。央视白岩松曾说，他特别不喜欢媒体上"谁谁痛失金牌"的标题，深有同感。一届奥运结束，牌落谁家都已各有其主。新的一届开始，奖牌还在奥委会手里，大家凭实力来争夺。还没有归属的东西何来"痛失"？而且，这样的说法无形中给选手带来了莫大的压力，你这届拿金牌，下届就得继续保，否则就是"痛失"，罪莫大焉，谁能承受得起？

用种种不正当、不文明的手段去争夺奖牌而丧失国格、人格，绝不可取，拿了奖牌丢了人品也同样该受鄙夷。霍顿因夺金后侮辱、攻击孙杨而为众人所不齿，就是一个极好的例子。

奥运夺金和提高群众体育运动水平、大力增强人民体质相辅相成。奥运成绩和奖牌好比塔尖，全民健身、群众体育运动好比

骋怀辑

塔基。塔基越宽越大越坚实，塔尖就可以建得更高，体育工作这两方面都不能忽视。

里约奥运会正在如火如荼地进行，中国在奖牌榜上稳居第二。中国的奥运健儿们还在使尽"洪荒之力"努力拼搏，全国人民正在为他们加油、助力。只要尽了最大努力，胜虽可喜、败亦光荣，祝愿他们取得更优异的成绩，载誉归来。

刊于《宁夏日报》（2016 年 8 月 12 日）、《华兴时报》（2016 年 8 月 15 日）

第二个无金牌日的思考

——奥运系列之四

2016 年 8 月 13 日是中国奥运军团的第二个无金牌日，这一天只获得了一银三铜，一些很有希望获金的项目都落空了，国人也显得有些失落。我与白岩松不喜欢"痛失金牌"的说法一样，也不喜欢经常出现的"志在必得""采用双保险冲金"这样一些说法。因为，任凭你有多强的实力，也抵不过赛场情况的瞬息万变，说到"向奖牌发起冲击"这样的程度足可以了。

从外部因素来说，我国的体操、举重、拳击等项目，都被人压分或做了手脚，令专业人士都纷纷表示看不懂了。最典型的是帆船项目上届冠军徐莉佳无缘无故被三次取消成绩。只要美国等国选手一投诉，裁判直接就取消，也不来了解情况，听一下申诉，这只能称之为比赛的大环境不好。中华民族的复兴之梦，当然包括体育事业的崛起之梦，国家在这个伟大征程中遇到的种种曲折、

骋怀辑

107

阻碍、破坏在体育事业上同样会遇到。一位选手在遭遇不公时惊呼："不要练专业了，都去练裁判好了。"确实，我们还要培养更多的体育专业人才，包括体育教练和裁判，否则，制定和执行规则的权力，一直是在欧美等国家手中的，自己只有任人宰割的命运。当然还有另一种应对的办法，就是保持实力的足够强大。比如乒乓球，竞赛规则改了十次、八次，都是针对着限制我国来的，但我国乒乓球队的优势至今在世界上无人能撼动。当然，对于掌握规则、掌握话语权的事我们再也不能小觑了。

而内部因素更值得我们反思。男子手枪速射，我们的两位年轻小将平时成绩世界领先，被称为"夺金的双保险"。比赛前阶段一直排在第一、第二的位置上，每一轮射五发，不是五中就是四中。可到了最后阶段，两个人都只射出了罕见的一中和两中，勉强保住了一块铜牌，这是典型的心理素质问题。男子游泳选手宁泽涛是上届金牌获得者，而这次颗粒无收。面对记者采访，他回答"适应环境正常，水平发挥正常，竞赛心态正常"，但是偏偏成绩不正常。宁泽涛的颜值举世闻名，粉丝成群结队，但竞技体育毕竟不是模特走秀或世界选美，每个选手是否抱着为国争光的信念，真正竭尽了全力，这是要拿比赛成绩说话的。更不用说还出了陈欣怡被疑服药这样的事故了（现在尚无定论，但至少是一桩事故）。这一切都是值得我们认真反思的。

当然，瑕不掩瑜，绝大多数选手和工作人员都在尽心尽力、努力拼搏，创造新的奇迹，尤其是在一些我们从未获得过奖牌的领域，取得了出色的成果，争金夺银，激励鼓舞了全国人民。奥运赛程刚过半，8 月 14 日的成绩是两金两银，中国奥运军团正在奋然前行，向世界、向全国人民展示自己的风貌。

骋怀辑

奇葩的重赛

——奥运系列之五

新闻年年有，今年大不同。2016 年 8 月 18 日里约奥运会田径女子 4×100 米接力预赛中，美国队在接棒时失误掉棒，失去了预赛出线的机会，中国队位列第八，刚好拿到了半决赛的一个名额。接力失误的事司空见惯、年年都有，美国队有夺金的实力，但接棒技术不过关，那照样也得出局，没有二话可说。

奇怪就出在美国队竟然提出申诉要求重赛，声称受到了其他国家队员的干扰。实际上比赛中偶尔触碰是经常发生的事，只要不严重、不是故意为之，一般都不会判罚，况且美国队是在交棒前被触碰的，也没有碰到持棒手。

奇葩的仲裁结果出来了，美国队不但被允许重赛，而且重赛时间放在最佳的晚八时，就美国一个队参加。也就是说，她不会碰到七八个队同场比赛挤挤碰碰的干扰。最终她们重赛顺利，成功进入半决赛，将中国队挤出局。

这使人想起 2011 年大邱田径世锦赛男子 110 米栏决赛。刘翔被身旁的名将罗伯斯拉了一下手而无缘冠军，中国队进行申诉，田联也没有同意重赛，只是取消了罗伯斯的资格而已。

一样性质，两种判决，躺枪的当然又是中国女子接力队。

这就是奥林匹克精神？这就是公平、正义？这就是西方推崇的"弗厄泼赖"？

不妨去数一数，这个作出仲裁的委员会里有几个美国和他的铁哥儿们的面孔，是他们操持着运动员们的生杀大权。

相信这个奇葩的仲裁决定一定会载入奥运史册，不过它不会流芳百世，而是为人们所不齿，成为永远的反面教材。

刊于《宁夏日报》（2016 年 8 月 19 日）、《华兴时报》（2016 年 8 月 22 日）

骋怀辑

奇迹再一次出现了

——奥运系列之六

奥运赛场，瞬息万变，什么都可能发生。2016 年 8 月 21 日，中国女排创造了奇迹，从命悬一线到惊天逆转，一举夺得了金牌。

小组赛中，女排分别以 1:3、0:3、2:3 负于美国、塞尔维亚、荷兰，仅胜意大利、波多黎各两队，以小组末名勉强进入八强赛。

四强赛对手是第二组横扫全组全胜的小组第一，卫冕冠军巴西队。人们认为，巴西队胜中国队应该没有悬疑，巴西队也期待着与美国队在决赛会师，再夺金牌实现三连冠（遗憾的是她们仅在争夺铜牌的比赛中和美国队会师）。女排的姑娘们胜则进前四，负则卷铺盖回家，背水一战，绝无退路。女排姑娘们死死咬住对方，打到了 2:2，最后一局一分一分拼，终于险胜巴西，昂首进入四强。

半决赛对荷兰，面对着几天前刚刚赢过自己的对手，女排姑娘们没有手软，以 3:1 报了一箭之仇。每局比分都是交替上升，每局都是相差两分定胜负，比分最高时打到 29∶27，连郎平都直呼紧张得心脏受不了。

最后一座高山塞尔维亚队横亘在女排姑娘们面前，也是几天前，她们以 3∶0 横扫了中国女排，接着又把美国队斩落马下，气势如日中天，被普遍看好。有相当多的球迷认为中国队只要不再输个 3∶0 就不错了。事实说明了一切，女排夺冠争顶的气势已经锐不可当。一记记重磅扣杀，一次次刁钻发球，一轮轮出色防反，没有场上主力和板凳队员之分，十二名队员轮番上场，郎平调兵遣将、指挥若定、一锤定音。睽违十二年的奥运金牌回家，球迷忘情，举国欢腾，奇迹再一次出现了。

谁说中国三大球彻底崩溃了，女排的姑娘们在巅峰上朝世界挥手。

谁说女排精神消退了，奥运夺金的历程是女排精神最充分的体现。

故有人说中国体育不缺女排的金牌，缺的是女排的精神，我们的各行各业又何尝不是如此。

中华振兴圆梦之旅所需的坚忍不拔、永不言败、自尊自励、自信自强的民族精神之中，女排精神是一株灿烂的奇葩。

女排夺金大大鼓舞激励了全国人民的斗志，女排精神的价值无可限量。

骋怀辑

应该为郎平庆功，为女排庆功，女排精神永放光芒！

刊于《宁夏日报》（2016 年 8 月 22 日）、《华兴时报》（2016 年 8 月 22 日）

秋水长天集

奥运羽坛上的英雄谱

——奥运系列之七

  中国羽毛球队在里约奥运会的表现出现了滑坡，以往包揽四金甚至五金的风光没有再现，反之实力占有优势的女单、女双、混双接连失手，金牌颗粒无收，事先把握不大的男双傅海峰、张楠两位选手倒是鼓足拼搏的勇气，杀入了决赛，他们的对手是马来西亚组合吴蔚升、陈伟强，两军相逢勇者胜，咬紧牙关，一分一分地拼杀，硬是登上了最高峰，关键时刻挽救了羽毛球队"坠崖"式的下滑，鼓舞了全队的士气。这枚金牌的分量格外重。

  接下来的男单桂冠争夺，李宗伟、谌龙、林丹分别排名世界一、二、三位，猛将如云，虎视眈眈瞄着金牌。整个赛程，风云变幻，跌宕起伏，半决赛中林丹二比一负李宗伟，谌龙二比一胜丹麦小将阿萨尔森。马来西亚举国欢腾，大家都以为，决赛凭李宗伟的实力夺金无虞，哪知谌龙发挥神勇，紧紧咬住比分，充分发挥体力、技能优势，竟以二比零的比分将李宗伟击倒，夺得了金牌，挽回

了羽毛球队的颜面，为自己夺得了奥运首金，为国家争得了荣誉。

林丹在这次比赛中应该是最失落的，不但没有登顶，反而连负李宗伟、阿萨尔森，奖牌颗粒无收，但林丹表现从容淡定，没有为失败而掉泪，正如他说："我们的交手已经超过了胜负本身，反而享受了每一个球的过程"，"不管是半决赛还是决赛，只要站在奥运赛场，至少证明我们在33岁还保持着不错的竞技状态，这已经非常了不起。"这位为中国羽毛球运动奋战十几年，将无数金牌收入囊中的羽坛一哥，一遇到比赛充满了霸气和必胜的信念，仿佛是中国羽毛球队的定海神针，有他在，羽队冲关夺隘所向披靡，如果他再年轻五岁，这次的结果如何真不好说，但无论输赢如何，这位中国羽坛一哥的地位已牢固树立而不可动摇。

马来西亚的李宗伟，获胜后双膝跪地，激动地仰天长啸，他和林丹十几岁相识，33岁仍共战奥运会，每逢奥运会等重大赛事，挡在他前头的总是林丹，而被人称为千年老二，但场上是你死我活的对头，场下是惺惺相惜、关系好得不能再好的铁哥们，他获胜后仍和林丹脱球衣交换，并亲情相拥，对媒体说感谢伟大对手林丹，谁输谁赢都值得骄傲。李宗伟夺得银牌后留下了泪水，不是为了个人，而是为了他的国家，他说："必须接受三届奥运会夺银牌的事实，我知道现在全马来西亚的国民都感到失望，我必须向他们道歉。"他知道他的祖国多么需要一枚金牌，多么需要在奥运赛场升起国旗、奏响国歌。欣慰的是马来西亚全国从上到下都称赞他的神勇表现，首相纳吉还在社交网络上写道："李宗伟，精彩的比赛！无论奖牌是什么颜色，你是我们大马人民的英雄！恭喜！"李宗伟，这位永远胜不骄、败不馁，始终把祖国放在心中，把各国人民的友谊和运动员之间的情谊放在第一位的羽球英雄，永远值得马来西亚人民的尊敬，也值得中国人民的钦佩和尊敬。

谌龙，已经在最近的比赛中三次败给李宗伟，这次林丹在争金、争铜的比赛中连续失利，给他带来的压力可想而知，可他竟放手一搏，二比零横扫对手，球迷们调侃，苦命的李宗伟，打走了超级丹，来了中国龙，中国的体坛正像我们伟大的国家一样，长江后浪推前浪，新事物、新人才、新成就层出不穷。这届奥运羽球赛场上的英雄们将被人们永远铭记，闪耀在世界羽坛的史册上。

骋怀辑

时事杂感之一

  2017 年 1 月 20 日美国新任总统特朗普正式上台执掌大权，在这之后他和他的团队成员针对中国，尤其是东海、台海、南海等问题上发表了不少不利于两国关系的言论，甚至踩踏了中国核心利益的红线，引起了中国人民的强烈不满和对中美关系何去何从的高度怀疑。其中较典型的莫过于国务卿蒂勒森关于南海问题的一番言论，他说，我们必须向中国发出一个清晰的信号：第一，停止岛屿建设；第二，你们进入这些岛屿不会被允许。刚当上白宫发言人的斯派塞则在记者会上说，如果这些岛屿确实位于国际海域，而且不是中国本土的一部分，那么是的，我们将保证保护国际海域免遭一国占领。这些言论一时让国际舆论惊诧不已。

  特朗普在上任前忘记做的一件事就是让他的两位重要助手恶补一下世界史和美国的历史，尤其是美国的近现代史。这两位身居高位的重臣刚一亮相便在议会和记者招待会上口无遮拦、屡出狂言，已经贻笑大方了。

南海九段线以内的东沙、西沙、南沙诸岛都是中国的领土，中国从日本手里收回时乘坐的就是美国提供的军舰。他们应该回去翻一翻美国版1946年的地图，那上面明明白白地标着南海诸岛都在中国的领土范围内，几十年几百年如此，哪里来的"如果……不是中国本土的一部分……"之说。

中国和有争议的邻国菲律宾、越南等已商定，通过双边友好来协商解决分歧，轮得到你美国千里迢迢跨过太平洋来"保护"这些岛屿吗？

停止岛屿建设？中国在自己的岛屿搞建设，谁有权利来叫停？中国命你在夏威夷、关岛停止建设，你愿意吗？中国在自己的家里搞建设，想怎么建就怎么建，谁也管不着，谁也无权管。

你们进入这些岛屿不会被允许？更是口出狂言，一派强盗嘴脸。不允许主人进自己的家门，这是哪门子道理？难道那些岛屿都归你管辖了？谁赋予你权力来阻止一个主权国家进入自己的领土？

南沙诸岛上住着我国的军民，建有各种军用、民用设施，妄图阻止进入，中国绝不会答应，中国铁定要进自己的岛，维护自己的主权，谁要这样做无异于要和中国宣战。倒要看看美国怎么落实其国务卿的胡言乱语。抗美援朝时志愿军用小米加步枪都不曾怕过你，都打得你丢盔弃甲，何况现在。大话、狠话说出来了，

最后兑现落实不了，在全世界大失颜面，大家等着看堂堂美利坚合众国的笑话。

拿破仑说过，中国是一头沉睡的狮子，当这头睡狮醒来时，世界都会为之发抖。

习总书记说，中国这头狮子已经醒了，但这是一只和平的、可亲的、文明的狮子。

当然，和平、可亲、文明是对朋友而言，对一切愿和中国保持友谊、合作共赢的人们而言。

因为狮子毕竟是狮子，不同于豺、狼、鹿、羊、小兔子那类动物。

希望特朗普和他的团队务必对此抱有清醒的认识，不然必定铸下历史性的大错。不信让我们拭目以待。

时事杂感之二

最近日本APA酒店事件持续发酵，不断刺激着中韩及其他亚洲人民的神经。起因乃是一对中美跨国情侣入住该酒店，发现卧室、大堂等各处都摆放着否定南京大屠杀，否定慰安妇史实的英、日文书籍。事情披露之后，书作者即该酒店老板、日本右翼名人元谷外志雄对外强硬表态，称绝不会撤走书籍，甚至不惜不接待中国游客。更有日本名古屋市长河村隆称，如果日方真的屠杀了30万平民，那必须跪地道歉，但根本就不存在什么南京大屠杀。

元谷外志雄是"安倍后援会"的会长，又是"李登辉之友"的会友，这些铁杆的日本右翼分子，以对历史的无知和偏见篡改史实，误导民众，伤害亚洲各国人民的感情，真是无所不用其极。

南京大屠杀不存在？"并未发生过"？那我们要问一下，第二次世界大战结束后由十几个国家的著名法官组成的国际审判法庭的审判结论存在不存在？那呈堂举证的证据哪一条是假的？

李秀英、夏淑琴等数千位大屠杀幸存者的证言存在不存在？哪一条是捏造的？

东史郎、松村等参与屠杀的日本兵的日记、回忆录存在不存在？哪一条不符合事实？

第三国人士，德国人拉贝、美国人马吉等人提供的大量见证资料，文字的、摄影的，哪一件是凭空编造的？

日本自己刊物刊登的炫耀百人斩竞赛的消息和照片，日本兵用刺刀尖挑着中国婴儿的照片，难道是你们自己给自己造的假？

日本右翼否认在南京大屠杀30万人，说这个数字是捏造的，大屠杀也是编出来的。

没有杀30万，那么你说杀了多少？杀了20万？10万？3万？就不算大屠杀了？就连屠杀已经放下武器的俘虏也是违反日内瓦公约的严重罪行，更不要说那些手无寸铁的百姓和老弱妇孺了。对无辜的民众哪怕杀了一人也是罪行，也是不可饶恕的，更何况证据确凿、铁证如山的30万人。因为被杀人数有争议否认整个南京大屠杀的存在，这是什么逻辑？这是荒唐的"刽子手"逻辑！

历史就是历史，它不是你不了解，或你不愿去了解，或你了解了也不想承认就可以被抹杀、被篡改、被涂黑的。历史是客观存在的铁的事实！正如中国新闻发言人华春莹所指出，忘记历史意味着背叛，否认罪责意味着重犯。日本一撮人越是急于将历史罪行"清零"，越容易激发"重启"这段记忆。这些人的倒行逆施已经引起了中国民众的强烈愤慨。最近安倍政府对慰安妇问题和韩国搞了个所谓协议，付了10亿日元，妄图将慰安妇问题彻底"清零"，结果反而引起了韩国和其他亚洲人民更强烈的反弹，这就是一个最好的证明。

鉴于APA酒店的错误行为，我国国家旅游局已经采取坚决措施，要求所有出境游企业和电商旅游平台全面停止与该酒店合作，下架所有该酒店的旅游产品和宣传广告，并呼吁中国访日团组自觉抵制APA，不进该酒店消费。是的，酒店何其多，何必非要进APA，天下那么大，旅游何必一定要到日本国。

至于名古屋市长河村隆之的"跪地道歉说"，华春莹的答复堪称经典，我想告诉他的是，南京大屠杀是历史事实，国际上也早有公论，请这位市长去履行他的承诺。

中国人民坚信履行承诺的那一天一定会到来。

荒唐可笑自不量力的 "力抗中国" 论

　　海峡彼岸的蔡英文自 5.20 上台执政以来，一直对 "九二共识" 和一个中国的表达遮遮掩掩、拖延推诿，被《人民日报》评论员称之为一张没有答完的答卷。作为一位政治家，对大是大非问题立场鲜明、观点明确是起码的要求和素质，蔡英文这种藏藏掖掖，不敢亮明观点的做法为人们所不齿。什么时候能答完答卷、答一份什么样的答卷，两岸群众一直在拭目以待。

　　近五个月过去了，这张答卷终于有了答案。蔡英文给民进党党员的一封公开信公之于世，号召要 "力抗中国的压力"。包装终于撕掉，伪装也已脱去，人们透过 "力抗中国" 看到的是真真切切的 "台独" 二字。

　　所谓 "力抗中国"，"力" 即大力、集中力量之力；"抗" 即抗击、反抗、对抗之抗。说 "中国" 而不是说 "中国大陆" 则大有玄机。因为，目前之中国包括中国大陆和处于分治状态的中国台湾，只说中国而不说中国大陆，说明蔡英文已正式把他们执政的台湾地区自外于中国，是不属于中国的另外一国了，这不是"台独"又是什么？狼子野心昭然若揭。

"力抗中国"，台湾以什么力量来对抗中国大陆呢？

以经济实力吗？从经济总量看，目前中国沿海发达省份如广东、江苏等地，随便选一个出来已不输台湾全省。大陆提供了台湾贸易顺差的70%，农渔产品、旅游事业目前沟通受阻，台湾相关业者叫苦连天，其他各行各业与大陆也有千丝万缕的依存关系，以只相当于一个省的经济总量，你有对抗整个大陆的实力吗？

以军事实力吗？现在已不是十几二十几年前了，大陆还拿木船打你的军舰，以小艇反击你的大舰。海峡的制空权、制海权早已易手，拳击台上双方早已不是一个重量级的对手，你的后台老板美国只要求一旦有事台湾务必要坚持一个星期，以待救援。可见能不能坚持得住还是个问号，即便坚持住了，是不是值得美国以派兵的形式来救，更是一个大大的问号。

以政治实力吗？现在世界上还有谁承认大陆和台湾是两个国家？联合国承认只有一个中国，奥巴马在最近召开的G20峰会上重申承认只有一个中国。不和大陆沟通，没有"一个中国"的共识为基础，台湾连国际民航组织的会议都参加不了，罔论其他。非要搞独立，世界人民不会同意，两岸人民不会容忍，《反国家

骋怀辑

分裂法》在那儿等着你。

习总书记说，我们将坚决遏制任何形式的"台独"分裂行径，维护国家主权和领土完整，绝不让国家分裂的历史悲剧重演。这是全体中华儿女的共同心愿和坚定意志，也是我们对历史、对人民的庄严承诺和责任。

革命先驱孙中山说："世界潮流，浩浩荡荡，顺之则昌，逆之则亡。"螳臂岂能当车，蜉蝣难撼大树，蝼蚁之力更挡不住大象的脚步。逆潮流而动者，就像想要拔着自己的头发妄图离开地球一样永远不会得逞，而落得一个被人民所唾弃、被历史所抛弃的可悲下场。

刊于《宁夏日报》（2016年10月9日）、《华兴时报》（2016年10月10日）

谈南海非法仲裁之岛、礁判定

    以美日为编导，菲律宾跑龙套，安倍的铁哥儿们柳井俊二导演的闹剧落幕了。这桩披着法律外衣的南海仲裁，结论黑白颠倒、漏洞百出，一桩糊涂案、满纸荒唐言，确是货真价实的"废纸一张"。

    这其中最出格的，是仲裁结果把我国南沙最大的岛屿太平岛判定为"礁"。

    众所周知，海洋法公约对岛的判定是清楚而明确的。以有一定的面积，高出海平面，能适应人类居住并支持其从事经济生活为标准。岛和陆地一样，有十二海里领海和两百海里专属经济区、大陆架等。而礁则是四面环水，在高潮时露出水面，没有淡水，不能支持人类居住和从事经济活动。礁除了有领海权利外，其他专属经济区等种种权益都不存在。

    台湾的马英九毕竟是纽约大学法律系的高材生，早就预料太平岛将会有这一法律之争。在其当政时请了各界人士及各国媒体

骋怀辑

代表共登太平岛，参观了机场、港口、水井和驻有两百名军人的营房，品尝了岛上淡水泡的茶和岛上生产的蔬菜、禽肉，目的就是要让世界了解太平岛是货真价实的岛而绝不是礁。

负责仲裁的几个法官从接收此案起从未去过南海，更不用说踏上太平岛一步了。可他们得出的仲裁结果却白纸黑字明明白白写着太平岛是礁不是岛。这些身穿法袍、手拿法槌的大法官们到底是大白天睁着眼睛说瞎话，还是真的神经出了问题了？

指黑为白，指鹿为马。真理何在？真相何在？公平正义何在？

太平岛以礁来判定，那么两百海里专属经济区的捕鱼权，海底的油气、矿产勘探权、所有权将统统归菲律宾，遑论其他权益。

台湾蔡英文当局在仲裁宣布前夕将两艘大型舰只从南海撤回，以避风头。以为美日至少会关照一下台湾的利益，不至于在太平岛的判定上出问题。不料大老板们丝毫不顾及其颜面，使其躺着也中了枪。一时岛内舆论大哗、群情激愤，蔡当局不得不出来否认仲裁结果，并派出大型军舰赴太平岛维权。

这事使人想起离太平岛不远的敦谦沙洲。那里本来是台湾派兵驻守的，因为一场台风，长官将其守岛官兵撤回太平岛避风，台风过后官兵们回去时，发现岛上飘着越南旗，被越南抢占了。那么你去夺回来呀，你们手里拿着的都是烧火棍吗？谁料这批不争气的官兵就此把敦谦沙洲拱手相让。一场风刮丢了一块领土，这样的先例举世无有，真让人欲哭无泪。

这事又使人联想起东海日本强占的冲之鸟礁。日本人不惜血本，动用上亿美元大兴土木，使用了大量的砂石、钢筋、水泥，才让其露出水面只有两张床大小的面积。他们大言不惭地声称这是冲之鸟岛，据此主张周围两百海里专属经济区等一应权利，真是蛮横无理之极。

太平岛被判定为礁，冲之鸟被日本确定为岛。结论如此荒唐，酿成了一场国际法律界的大丑闻。事情为何至于此？原来这个所谓临时仲裁法庭，不仅由其后台美日菲操办组织，而且全部被"包养"。一应费用包括每个法官每小时六百欧元的天价工薪，都是菲律宾包付的，总额达三千万美元之巨。在这种情况下，仲裁的结论还用得着问吗？太平岛还有可能判定为岛吗？

这一下，急坏了联合国海洋法院和下属的国际海洋法庭。他们深感也有躺着中枪的危险，急忙出来郑重声明，此事与联合国海洋法院无关，这个临时凑的仲裁庭和国际海洋法庭没有一丝一毫的关系，更不是其隶属单位。

还不如把海洋法对岛、礁的定义交给小学生，委托他们去做判定，可能拿回来的结果会比这几个法官的判定更正确。

行文至此，不禁想起，俄罗斯是世界上疆域版图最大的国家，其总统普京有两句名言，"俄罗斯国土虽然辽阔，却没有一寸是

骋怀辑

多余的"；"没有实力的愤怒毫无意义"。这也使我想起我国一位著名外交家对军方人士讲过的："你们在战场上拿不到的东西不要指望我们这些外交官能用嘴巴给你们拿回来。"真值得国人深思啊！

习总书记说过，中国人民不信邪也不怕邪，不惹事也不怕事，任何外国不要指望我们会拿自己的核心利益做交易，不要指望我们会吞下损害我国主权、安全、发展利益的苦果。

南海仲裁结论洋洋万言，长达五百页，中国鲜明表态不参与、不接受、不承认。在当代中国强大的军事、经济实力面前，这个仲裁结果只能是废纸一张，我们透过这张废纸看到的只有那么几个字："厚颜无耻、痴心妄想！"

尔曹身与名俱灭，不废江河万古流。

刊于《华兴时报》（2016年7月21日）

"脱欧"公投有感

（一）

最近英国通过"脱欧"公投，宣布脱离欧盟，震动了世界，犹如引爆了一颗政治核弹，舆论铺天盖地，余波震荡难息。

请看：

经济上的冲击：全球股市纷纷大幅下挫，英国当然首当其冲，法国股市一度下挫10%，主要国家几无例外，估计蒸发市值3万亿美元。

各国汇率大幅波动，英镑汇率下降达10%之多，欧元跌了3%，而美元、日元、瑞士法郎则急升，冲击这些国家的出口。

有研究机构测定，仅脱欧一事造成五年内英国公民平均每户直接损失3000至5000英镑，在2019年前，英国的经济产出将比留在欧盟减少5.5个百分点。著名信用评估机构穆迪将英国信用

骈怀辑

131

下降为负面。

政治上的震动：英国和欧盟各国关系不必说，在英国内，就出现了首都伦敦要求脱英单独留欧盟的强烈呼声。一国之都竟要与祖国分道扬镳，可以破吉尼斯纪录了。苏格兰要求再次公投脱离英国单独加入欧盟，北爱尔兰也欲步后尘。英国是由英格兰、苏格兰、威尔士、北爱尔兰几大部分组成，故称联合王国。如果此事成真，那大不列颠及北爱尔兰联合王国不是要分崩离析、不复存在了吗？昔日日不落帝国的辉煌将于今何存？

（二）

脱欧的后果如此之严重，普通英国人可能未曾有思想准备。近日大量媒体报道"英国后悔了"，民众纷纷要求再进行第二次公投，向议会联名请愿的已达 300 万人之多，人数还在不断增加之中。据称，某一件事如联名人数超过 10 万，议会就必须列入研究议程。

其实，有不少人是不想脱欧的，他们不过是想当然地认为，公投的结果肯定是留欧。因此故意投同意脱欧票，想要让欧盟看看对其的不满民意有多大，提高对欧盟的要价。结果弄假成真、弄巧成拙，如有再次公投，有相当的票会转投。可是覆水难收，比如一只漂亮的古董花瓶，你亲手把它摔成碎片了，要把它拼接恢复原样，可能性大吗？

（三）

英国首相卡梅伦是竭力主张留欧的，但他又主导、推动了这次公投的进行。在投票前夕他多次表态，无论结果如何他仍任首相不会辞职。现一看局面难以收拾，又改口要辞去首相职务，撂挑子不干了。大国之首脑，如此说话不算话，失去诚信，当今世界可谓鲜见，还有何信誉可言？

本来英国就存在着脱欧的诉求，但是也有相当大的呼声赞成留欧。如果首相不主导、不决策、不推动这次公投，那英国不是至今好好地留在欧盟吗？

天下本无事，早知今日，何必当初。脱欧造成英国和欧盟双输，还连累了全世界，造成了政治和经济震荡。政治操弄一不小心搬起石头砸了自己的脚，卡梅伦现在里外不是人。

（四）

在西方民主中，公投似乎是民主最极致的体现之一，一人一

骋怀辑

票不受任何干预，票多胜出、赢者通吃、大家照办。这确乎是没有任何瑕疵的最民主的办法吗？这次脱欧公投，比例为51.89%比48.11%。近52%的人的意愿、利益、诉求达到了，那还有48%近半人的诉求和利益呢？谁来体现？

苏格兰又在酝酿脱英的第二次公投，若成功了，英国真的允许它离开吗？

台湾的陈水扁也曾妄想通过"台独"公投，把台湾分裂出去，中国13亿人能答应吗？一个国家是全体的利益共同体，你要公投必须发给大陆的13亿人也一人一票，看看有多少人能同意你独立，你要硬来，准备好的《反国家分裂法》在那儿等着你。

民主都是相对的。绝对、彻底、完美的民主，当今世界上并不存在。民主有多种形式，民主也需要不断完善，在充分的民主基础上也需要适当的集中，让民主能真正落到实处。在实现民主当中理性的协商兼顾各方诉求，更必不可少，协商民主因此应运而生。这正是我们应该多加思考并深刻反思的。

一则出色的答记者问

今年 1 月 30 日的外交部新闻发布会上，一位著名的西方媒体记者发问：驻华外国记者协会（FCCC）发布一报告，称驻华记者的工作环境恶化，采访活动受到干扰、受到施压。记者问中国是否会采取措施改善外国记者的工作环境。这个问题显然是罔顾事实、不怀好意的，而且十分刁钻。

当时到会的记者有上百人，外媒占一半以上，主持人为外交部新闻发言人华春莹。

如你直接回答如何采取措施改善外国记者工作环境，那就中了"请君入瓮"之计，等于承认了前面所称驻华外媒"工作环境恶化""受压""受干扰"的前提，相信没有这样低能的中国外交官。

但你如果先否认这个前提，再具体列举我国为外国记者创造的种种便利条件，答复虽然可以及格，但显得被动和不够有力，没有对这个不怀好意的提问予以有力的回击。

骋怀辑

且看文静秀气而暗藏犀利的华春莹女士是如何接招的。

华春莹根本没有正面回答这个问题，反而在当场连发三问。

一问：在场的各位谁能代表这个机构（指FCCC）？你们都认可这个报告吗？请问各位，你们认为在中国的工作环境怎么样？

没人回答，现场一片沉默。

二问：外交部新闻司是不是为大家尽可能提供了在中国采访的必要便利和协助呢？你们怎么认为？

没人回答，依然是一片沉默。因为如果有人认为FCCC说的是事实，必然会遭到华春莹的进一步追问——把真凭实据拿出来，以支持这个论点。看来谁也拿不出来，因为这根本不是事实。

三问：如果谁认为FCCC完全代表了你们的观点或者赞同报告的内容，可以举手告诉我。

至少那位提问的记者是倾向同意这个观点的，但此时无一人举手，依然全场静默。

三问之后三场静默，更无一人举手。这时，华春莹只要做个小结就可以了，没有一人举手，可以说明在场的外国记者无人认可这个观点，不能代表驻中国600多名外媒记者的看法。但我们仍将一如既往为外国记者在华采访提供必要的协助和便利，各位碰到任何困难和问题随时可以和我们联系。

这个看似没有正面回答、实际上用三个反问及其结果作了最有力的回答，反击了 FCCC 报告的不良居心，揭露了其歪曲事实的小丑面目。华春莹本来还可以乘胜对其报告大加挞伐和批判，但她没有，反而表态一如既往地为大家提供良好的采访环境及必要的协助和便利，充分体现了泱泱大国以诚待人、开放包容的风范。

华春莹为什么那么有底气？这来自她出色的专业素养和为国尽责的忠诚。因为她知道，站在她身后的是 14 亿华夏儿女和已经站起来、富起来并且正在强起来的伟大祖国。

作于 2018 年 1 月 30 日

骋怀辑

从海南岛疏堵说开去

　　今年春运中的最大新闻，恐怕就算海南海口疏导滞留车辆一事了。海口市在首府城市中规模并不算大，只能算作三线城市，春节期间受大雾影响，承担出入岛交通的琼州海峡轮渡航行受阻，导致万余车辆、数万游客被堵在长20公里的城市主干道——滨海大道之上，小半个城市变成了停车场，全市交通几近瘫痪。该市2月18日启动应急二级响应，第二日即上升到一级响应。通过连日抢运，直到24日笔者撰文之时，尚有近万辆车滞留。不过车辆等待时间已逐步缩短，如天气好转，有望近日得以缓解。

　　整个春节期间，海南省从省市领导到普通群众、志愿者，从各行各业到各个部门都放弃休假，夜以继日提供保障，疏导交通，为滞留者排忧解难。用尽心加暖心安抚揪心和担心，用细心加耐心排解焦心和烦心。为滞留者免费供应热气腾腾的一日三餐，提供流动加油车及时供油，甚至婴儿需用的奶粉、尿布也有供应。

大家感受到海口春天般的温暖，车堵心不堵，海南省对这次事件的应对也被媒体称之为上了一堂"城市文明的公开课"。

虽然隔着三十余公里的琼州海峡，但海南节前进岛的自驾车辆已超过十万余辆。近年每年进岛的游客就有五六千万之多，仅东三省就有几十万人在海南岛，或定居，或冬来夏去候鸟似的迁徙，笔者的高中同班同学群就有四五人晒出在海南过春节的照片，他们虽然家居杭州，却采取置业、依托子女、亲属等方式在海南过年，人数占全班同学的十分之一。

小小海南为何有如此之大的吸引力和迷人的魅力，成为使全国人民无论南北东西趋之若鹜的胜地呢？

首先，当然与海南得天独厚的自然人文环境有关。海南是祖国南海万里碧波中的璀璨明珠，椰风海韵、气候宜人，被称为长寿岛、天然氧吧。冬无严寒、夏无酷暑，被称为祖国的四季花园。远有苏轼、海瑞等历史文化名人，近有宋庆龄、张云逸等著名人文遗迹，五指山、万泉河、亚龙湾等自然名胜和红色娘子军所在的琼崖纵队红色旅游路线，以及一年一度的博鳌亚洲论坛，一直吸引着人们前来观光旅游、寻幽览胜、商贸洽谈。

其次，海南省历届党委政府在中央的英明领导下，带领干部群众，通过拼搏努力，使历史上贬谪官员的偏远、蛮荒之地彻底改变了面貌。2014年笔者曾因公在海南长驻两个月之久，亲眼目

骋怀辑

睹全省上下掀起了国际旅游岛建设的高潮。为了改善基础设施日夜施工，加快西线铁路高速的建设，使环岛高速公路和高铁都顺利通车。海南的建设有一些内地省份所难遇到的困难和负担。比如产业政策，为了加强生态保护，维护独特的生态环境，有许多内地可放开建设的行业和项目在海南省不允许建设。海南又承担着保卫祖国南大门的职责，三沙市管辖着南海200万平方公里海疆，成为中国面积最大的地级市。笔者在琼期间恰逢中国南海石油钻井平台开钻与某邻国发生海上冲突。该省的渔民组成的民兵上了第一线，成了保证钻井完钻的先锋，确保了勘探任务顺利完成。海南建有保卫南海所需的重要海空军基地，文昌建成了我国目前最大的航天发射中心。他们不讲条件、不计付出，有力地支援了军队和国防建设。一个生态环境优美，文化魅力独特，社会和谐进步的新海南已经崛起在祖国的南疆。

海南岛回归祖国怀抱的那一段历史充满了传奇和曲折。1950年3至4月，由开国上将韩先楚领导的解放军40军、43军承担了解放海南岛的任务，当时守岛蒋军10万余人，由薛岳统率并拥有军舰、飞机，掌握着制空权、制海权。解放军手里仅有木帆船和少量机帆船，琼州海峡就像一道难以逾越的天堑摆在面前。此时恰逢解放金门战斗由于准备不足而失利，中央命令解放海南的行动暂停，推迟到下半年。此时中华人民共和国已经成立，胜利的成果已在眼前，谁也不想在此时轻易地葬身海底丢掉性命。但以韩先楚同志为首的前线领导审时度势，坚持认为解放海南岛的时机已经成熟，趁 3 到 4 月间春季风向有利，应该抓住机遇一举收复海南岛。他统一了部队的思想，一面向基层各部下令继续加紧攻岛准备的各项工作，一面向上逐级力争，终于使中央改变了态度，批准了他们的方案。在夺岛战斗发起时，韩先楚要求军级首长机关随同第一批登陆部队一起登船，率先士卒。他出主意、想办法，把陆军用的大炮固定到机帆船上来为木帆船护航。这样的土军舰和蒋军的军舰相遇，居然将蒋军舰队的三艘军舰严重击伤，其中旗舰太康号差点被击沉而落荒而逃，创造了世界海战史上的奇迹。在岛内琼崖纵队的接应下，夺岛战役取得完胜。5 月 1 日，全岛解放，薛岳的十万大军被歼近半，残部乘船逃回台湾。

这是何等英明的决断。时过两个月，朝鲜战争全面爆发，美国派遣第七舰队进驻台湾海峡，解放台湾的行动被迫中止。如果此时海南岛尚在蒋军手中，琼州海峡也肯定同时会被进驻，那么今天我们将面临有两个大岛被分离、南大门被封死的局面，更不要说南海的东沙、西沙、南沙如今的有利态势，恐怕早被相邻各国瓜分殆尽了。

回忆解放海南岛的历史，追念中国革命史上无数像韩先楚一样的先辈们，追思在红旗已插遍全中国时为解放祖国宝岛献出生

骋怀辑

141

命的先烈们，他们的信念坚如磐石，他们的担当顶天立地，他们的奉献可歌可泣，没有当初，哪有今日祖国的南海明珠——海南岛。

再回到海南疏堵的话题上来，数以万计的全国各地群众有条件自驾上岛旅游，这说明国人的生活幸福指数已经有了空前的提高，因此大堵车的烦恼不过是幸福中的烦恼。按当前的国力完全有办法来彻底解决海峡的交通问题，全面沟通海峡交通在技术等各方面已不是特别大的难题。不算杭州湾大桥等，近日通车的港珠澳大桥就全长三十多公里。据悉存在争议的主要是建设桥隧对海峡及岛内的环境保护方面利弊得失之权衡，现在看来可能通过建设工程沟通海峡的方案将很快提到议事日程上来了。

在习近平同志为核心的党中央的坚强领导下，中国人民面前没有克服不了的困难，中华民族的复兴之梦指日可待，祖国的南海明珠海南岛也一定会发出越来越璀璨夺目的光辉。

刊于《宁夏日报》（2018 年 3 月 7 日）

杂感
——写在纪念抗战胜利七十周年之际

一

北京密云县水泉峪村有一位名叫邓玉芬的普通农妇。在抗战的烽火之中，这位深明大义的母亲，深知没有国便没有家的道理。她说，抗击日寇，有钱出钱，有力出力，咱们家没有钱，但有人，我们出人。她毅然把丈夫和五个儿子分别送上了八路军部队和抗日自卫队，最后这六位亲人全部牺牲在抗日战场上。

试问哪一个家庭和个人能够承受得了如此惨痛的重击？邓玉芬背负着常人难以忍受的痛苦，坚持到了抗战胜利，看到了中华人民共和国的成立。

祖国母亲从来不是一个抽象的概念，无数个像邓玉芬老妈妈那样最基层、最普通的母亲便是她的化身。国有危难，承担重责

骋怀辑

的是她们，遭受苦难的是她们，付出最多的是她们。

今年七月，密云县为邓玉芬竖立了雕像，举行了隆重的纪念仪式。她的雕像在密云县高高矗立着，俯视着祖国壮丽的山河。她是我们祖国母亲的象征。

杨靖宇将军的英勇事迹尽人皆知，在国家危难之际他驰骋于白山黑水之间，战斗于冰天雪地之中，牺牲时肚子里没有一粒粮食，只有棉絮和草根。日寇许以高官厚禄，让他担任伪满洲国军政部的部长，多次派人劝降，他丝毫不为所动。在他牺牲前，日方又胁迫一名农民去劝降，绝境中的杨靖宇回答他："老乡，我们中国人都投降了，还有中国吗？"这句话看似平淡，实则振聋发聩，惊天地、泣鬼神。是的，我们国家千千万万的杨靖宇永远不会屈服、永远抗争、永不投降。二十九军大刀队、狼牙山五壮士、刘老庄连八十二烈士、淞沪抗战四行仓库八百壮士……如繁星满天、数不胜数。当时在现场的日军头目岸谷隆一郎被杨靖宇的英勇行为震撼得流泪。数年后，一直受到内心折磨的他毒死了妻子儿女后自杀，留下遗嘱写道，"天皇陛下发动这次侵华战争也许是不合适的，中国拥有杨靖宇这样的铁血军人，一定不会亡。"

中国不投降，中国不会亡，亲手杀害杨靖宇的日本军人自己先认识到了。

二

令人痛惜的是并非每个中国人在事关国家危难、民族存亡之际都经得起历史的检验。在抗战中投敌的国民党政府将官有58人，有210万伪军助纣为虐，甚至超过了侵华日军的总数，在参加第二次世界大战各国中，这种现象是绝无仅有的。在中国的大地上，光是伪政权就建立了三个，伪满洲国、华北"冀察政务委员会"、南京汪伪政府，以溥仪、殷汝耕、汪精卫为代表，卖国求荣、认贼作父，实乃中国的奇耻大辱。

失节文人周作人，竟然充当了伪政府的教育部长，清末龚自珍云："士皆知有耻，则国家永无耻矣。士不知耻，为国之大耻。"他是"士不知耻"的典型。

相比之下，他的哥哥鲁迅，和他一样在日本生活、留学过，和日本有较深渊源。但当日本侵略者铁蹄踏上中国之后，他毫不犹豫地揣着"匕首和投枪"，走上了抗日的文化战场。他在《友邦惊诧论》中写道："日本帝国主义的兵队强占了辽吉，炮轰机关，他们不惊诧；阻断铁路，追炸客车，捕禁官吏，枪毙人民，他们不惊诧。中国国民党治下的连年内战，空前水灾，卖儿救穷，砍头示众，秘密杀戮，电刑逼供，他们也不惊诧。在学生的请愿中有一点纷扰，他们就惊诧了！"

骋怀辑

多么爱憎分明、痛快淋漓，和他的亲弟弟周作人是一个多么鲜明的对照！天下兴亡，匹夫有责。不畏强暴、血战到底，视死如归、宁死不屈，在左权、彭雪枫、赵一曼、张自忠、佟麟阁、戴安澜等无数抗日英雄面前，这些被钉在历史耻辱柱上的汉奸卖国贼，永远被人民所唾弃而遗臭万年。

当今我国的周边并不平静，可以说虎狼环伺，蠢蠢欲动。安倍政权在其后台老板的撑腰下扩军备战，正在为军国主义复辟招魂。连海峡对岸的李登辉也在大放厥词说："台湾不存在抗日""70年前，台湾与日本是同一个国家，既然是同一个国家，台湾对日抗战当然不是事实"。卖国嘴脸表露无遗。

我们国歌的歌词至今未改，"中华民族到了最危险的时刻"不是没有可能出现的。到那个时候，中国还会不会有那么多汉奸、软骨头出现，应该打个大问号。在今天我们纪念抗战胜利七十周年之际，坚定理想信念，心中永远装着国家、民族、人民，圆我振兴中华的复兴之梦，富国强兵，时刻听从祖国的召唤，这就是我们发扬抗战精神的意义之所在。

三

抗战中蒋介石的国民政府领导了对日的正面战场，这是历史事实。但现在披露出来的史料揭示出在抗战末期，蒋委员长又做了一件愚蠢而对中华民族后患无穷的蠢事，那就是琉球群岛的归属问题。

1943年开罗会议期间，蒋介石与罗斯福会谈时，罗斯福说，琉球系许多岛屿组成的弧形群岛，日本当年是用不正当手段抢夺该群岛的，也应予以剥夺。我考虑琉球在地理位置上离贵国很近，历史上与贵国有很紧密的关系，贵国如想得到琉球群岛，可以交给贵国管理。

罗斯福这样讲是有道理的，直至清朝，琉球一直是中国的附属国，年年向清朝朝贡，皇帝也受清朝册封，是让日本凭借武力强夺过去的。未想到蒋心里只想着收回台湾、澎湖等地，对此提议竟犹豫起来，半天才说，我觉得此群岛应由中美两国占领，然后国际托管给中美共同管理为好。这使罗斯福觉得中国似乎不想要琉球群岛。

11月25日，蒋与罗斯福第二次会谈，罗又提出，我反复考虑，琉球群岛在台湾的东北面，面向太平洋，是你们的东部屏障，战略地位极其重要。你们得到了台湾，如不得到琉球，合湾也不安全。更重要的是，此岛不能让侵略成性的日本长期占领。是不是与台湾及澎湖列岛一并交给你们管辖？

话说到这个份上，我们的蒋委员长还说："琉球的问题比较

骋怀辑

147

复杂，我还是那个意见，中美共同管理为好。"此时罗斯福明白，蒋是真心不想要琉球群岛，他感到不可思议，自此以后便不再提及此事了。

日本投降是无条件接受《波兹坦公告》的。其第八条言明："开罗宣言之条件必将实施，而日本之主权必将限于本州、北海道、九州、四国及吾人所决定其他小岛之内。"此文中的吾人即参与制定公告的中、美、英三家。罗斯福提出将琉球归还中国不过是将强盗抢去的领土归于原主，是认真落实《波兹坦公告》的行动，而蒋竟拱手相拒，实在让人匪夷所思。

设想如当时琉球回到中国，那么当今的中国领土将延伸到日本本土边沿，琉球群岛之一的冲绳也在中国手里，中国面向西太平洋的出路是大门敞开、畅通无阻的，哪里还存在钓鱼岛的归属和第一岛链封锁的问题？反之是日本只要敢妄动，我们就在他身边等着他，他还敢这么肆无忌惮吗？

蒋委员长一失足，中华民族千古恨。看了这段史实不禁使人抚膺长叹。

想起普京的两句名言："俄罗斯国土虽大，却没有一寸是多余的""领土争端没有谈判，只有战争"。

这是不是值得国人借鉴并深入思考呢？

遐思辑

叁

宁夏要好诗

——在"宁夏诗词学会十二部作品集"研讨会上的讲话

文朝会长、华维副秘书长（兼学术部主任），诗词界的各位朋友们：

大家好！

很高兴能和大家坐在一起共享诗词带给我们的精神盛宴。首先，对中华诗词学会领导李文朝将军、沈华维副秘书长以及到会的各位专家，在百忙之中莅临研讨会表示衷心的感谢和热烈欢迎！

新一届诗词学会领导班子成立以来，围绕党对文艺工作的总方针、总要求，团结广大会员，开展了一系列活动，取得了显著成果。特别是广大会员积极参与地方历史文化传承、诗词的普及和创新发展等方面，取得了突出成绩，为我区经济社会发展和精神文明建设做出了应有的贡献。这些成绩的取得，得益于中华诗词学会和各挂靠部门（政协文史委、社科联、宁报集团）的积极帮助和悉心指导，得益于学会领导班子的坚强领导和有力组织，

得益于广大会员们的努力创作和深入研究。我真诚地希望我区的诗词家们保持清醒的文艺自觉和高度的社会使命感，创作出更多更好的无愧于人民和时代的精品力作。

刚才听了各位评论家、诗词家的发言，我很受启发。下面我讲几点意见，供大家参考：

一是宁夏要好诗。要讲政治，创作诗词作品要旗帜鲜明地弘扬爱国主义，彰显爱祖国、爱家乡、爱人民的思想情感，要把个人的艺术追求融入中华民族伟大复兴的"中国梦"，满腔热情地讴歌我们这个伟大的时代。要有境界，唐诗宋词被称为中国文学史上的两颗明珠，之所以获得这么高的赞誉，与唐宋诗人有很高的思想境界是分不开的，他们大多志存高远、胸襟宽阔，也正是因此才能留下那么多不朽的传世之作。

二是传承加创新。习近平总书记在文艺工作座谈会上的重要讲话中强调，要结合新的时代条件传承和弘扬中华优秀传统文化，传承和弘扬中华美学精神。他指出，文艺工作者要志存高远，随着时代生活创新，以自己的艺术个性进行创新。国务院副总理马凯同志对中华传统诗词的继承发展和以"求正容变"为中心改革创新的阐述也引起了诗词界的强烈反响和共鸣。尤为可喜的是当今诗词界已经对此有了高度共识，关键是如何落实，尽快付诸实践。只有在继承中创新、随着时代生活创新，才能创作出真正顺应历史、展现时代风采的诗词精品。

三是关键在普及。领导重视、社会认同，现在这个时期是推进诗词发展的黄金时期，我们应该顺势而为，全力做好诗词普及工作。大力提倡诗词进机关、进学校、进社区、进企业、进军营等活动，让更多的人热爱诗词。加强和规范诗教人员的培训和资格认定，通过举办各类培训班，对诗词爱好者和诗词写作者进行有效的培训，提高他们的诗词创作水平。发挥大中专院校和老年大学的作用，真正让诗词在全社会得到普及。

　　四是突破靠新锐。现在社会上有一个认识误区，以为搞诗词都是中老年人干的事情，其实这是不正确的。任何一门艺术都需要传人，也都有热衷的年轻人，即使是濒临凋谢的艺术也有人研究。学会要以培养新人为己任，搭建展现诗词作品的平台（《夏风》《朔方》《黄河文学》《六盘山》等传统平台，互联网、微信等新兴平台），打破诗词创作青年人少的现状，实现诗词创作队伍年轻化，保持诗词学会旺盛的活力和后劲。

　　同志们，当前的文艺环境、文学氛围都非常好，我们一定要抓住机遇，在传承中创新，在普及中提高，在发展中突破，以诗词创作引领时代新风尚，不断促进宁夏诗词事业繁荣发展。

　　最后，祝愿宁夏诗词事业大放异彩、繁荣昌盛！

项宗西

2017 年 9 月 24 日

刊于《夏风》（2017 年第 4 期）

传统和现代的诗意碰撞

——为张铎《塞上涛声》作序

"潮音"未消，"涛声"又起。

《塞上涛声》是张铎的文学评论集《塞上潮音》的姊妹篇。全书收录了作者近年来创作和发表的四十余篇评论文章，共六辑。前四辑是对旧体诗词的评论，第五辑是对现代新诗的评论，第六辑是对小说、散文和文学评论的评论。

张铎，本名张树仁，为宁夏固原市原州区须弥山下的黄铎堡镇人。从"黄铎堡"这三个字就可知他的笔名"张铎"的出处。作者在六盘山区生活工作了数十年，现在又落户"塞上江南"银川，生活轨迹横贯宁夏南北。生于斯长于斯的张铎，从小受传统文化的耳需目染，业余时间积极从事文学创作。张铎为宁夏诗词学会副会长，又负责学会创研工作，因而彼此切磋的机会比较多。张铎为人淳朴、诚实，酷爱读书，喜欢思考，思维活跃，视野开阔，这就为他对各种文学体裁的作品进行分析评论打下了一个较为扎实的基础。多年的文坛深耕，奠定了张铎同志在评论界的重要地位。张铎的文学评论虽涉猎较广，但还是以诗歌评论为主，其最大特色就在于对作品本身细腻的感受和精准的体悟，进而上升为一种审美判断。这也许是他写诗的缘故。窃以为，搞文学评论的人，兼搞创作确实有助于对作品文本的深刻剖析和理解。

在《塞上涛声》中，相当部分的笔墨用在了对诗人旧体诗词的赏析和评论上。作为一个以写新诗为主的文学评论工作者，能够对旧体诗词具有如此浓厚的兴趣，其实这与作者的文化传承和扎实的学养功底密不可分。从某种意义上讲，传统的古诗文已化作了血肉，影响着他的言行。当然，从这本评论集中可以看出，张铎的文学"触须"还在不断地延伸，从旧体诗词到现代新诗，再到小说、散文、书画，甚至到对文学评论的再评论，这表现出作者深厚的文学功底和较强的文字驾驭能力。正因为他能够比较好地把握传统文化的精髓，并从其中汲取营养，故而能"让书写在古籍里的文字活起来"。值得一提的是，张铎利用业余时间，不但参与编写了《宁夏诗歌史》，还为我和张贤亮、秦克温、杨梓、杨森君、张嵩等不同年代的老中青诗人撰写了大量的诗歌评论，也为漠月、季栋梁、火会亮、王武军等人的小说、散文、评论进行了美学分析和批评。这一篇篇饱含深情并具真知灼见的评

遐思辑

论文章，体现出作者对文学事业的挚爱以及神圣的责任感。事实上，全身心投入的批评，乃"人格文本"，是真正意义上的批评。古往今来的优秀批评家，他们的论著之所以能引起我们的共鸣，盖其原因就在于此。

众所周知，文学批评既是一种选择的艺术，又是一种审美判断，这是由文学艺术的特殊性决定的。而文学评论就是要挖掘作品本身作者没有完全意识到或者没有被读者发现的隐含的审美情感和艺术价值。这就要求评论家必须动用自己的感觉、情感、想象等各种心理功能，去感受了解作品，体验其中的美，捕捉美的艺术形象，进而作出审美判断。张铎对任启兴同志《天高云淡》一书的评价为："突破了界限，超越了具象，雄奇婉转，意境深邃。真乃文如其人，诗如其人，书如其人，摄影也如其人。"这就是从作品的美感特征出发，把散文、诗词、书法、摄影等各个艺术特点作为整体的有机组成部分进行美学分析，并进而作出艺术判断，故具有较强的概括力和感染力。当然，作为一种选择的艺术，这里面也包含着某种自觉的文化批判意识。而作者把张贤亮的长篇政治抒情诗《大风歌》归结为"新的时代，新的赞歌"。这种批评，则是透过文辞而进入作品的内在情感，从中获得感受，体悟到诗人情动辞发的过程，是一种符合文本、符合创作者初衷的升华。这样的批评文本，究其实亦当归诸人本。

在《塞上涛声》这本评论集中，作者还收录了不少的对比评论文章，有对我和秦克温先生的《塞上文苑两诗宗》、刘岳和刘京的《塞上诗坛两弟》、季栋梁和火会亮的《黄土地文学的领唱者》等评论文章，这其实是张铎文学评论的又一个比较明显的特点。在这些评论文章中，作者能够抓住每一对诗人和作家的特点和不同创作题材和风格，去探讨通过形象所体现的作者本身的美学理想和作品给予读者的美的启迪。如在《塞上诗苑的领军者》中，他对杨梓和杨森君的诗作进行了这样的对比分析："杨梓喜欢写史诗、大诗，注重整体氛围的营造，受西部历史、地理环境影响大，很北方，血潮涌动，富有阳刚之气，才华横溢，英气逼人，空矿而又忧伤，沁出一种塞上特有的清香；杨森君喜欢写短诗、小诗，注重局部细节的逼真，受西部历史、地理环境影响相对较小，很南方，气韵盎然，富有优雅之美，柔情缕缕，清新自然，忧伤而不沉重，浸出一种江南独有的水意。"读到这样的文字，眼前似乎出现了一幅卷轴，次第展开，心里骤然畅快。这种优美的散文语言的背后，流露出的是一个现代学人的哲思与才情。因为文学评论语言不仅仅是一个文字修养问题，也与作者的精神境界大有关系，在《朴素与明丽》中，作者对张怀武和张雪晴父女的散文随笔概括为："一个沉稳老练，一个清新活泼；一个文风老辣，一个笔触细腻；一个富书卷气，一个具生活味。"这其实就是比

较文学。在这些对比性很强而又切中肯綮的评论中，字里行间散发着一种刚健清新的气息，既有对老作家的肯定，也有对青年作家的殷切期望。这样的批评文采斐然，既拓宽了文学评论的视野，又给人以启迪，还有助于青年作家的健康成长。这样的批评，其实也是一种较高层次的文学创作过程。

纵观张铎同志近年来的文学创作，诗写得少了，文学评论写得多了，我倒觉得这是一件好事，文学创作需要像张铎这样热心评论工作的同志来推介。因为文学批论是一种高级的欣赏活动，也应具备创作的意义。刘勰的《文心雕龙》是理论，也是艺术。张铎的文学评论可谓是传统与现代的一种诗意碰撞。略感不足的是他的评论，赏析的比较多，批评的比较少，批评的深度和广度均显不足。这不是说文学评论不要赏析，而是说多一些批评的"涛声"，更有益于文学的发展和繁荣，这也是当代文学评论界所迫切需要的。

浏览《塞上涛声》的过程，就是一种"听涛"的过程。黄河激浪，塞上听涛，愿张铎同志的文学创作之树长青！

在杭州知青赴宁下乡五十周年纪念会上的讲话

各位知青战友、各位来宾：

大家上午好！

十月金秋，枫红桂香。在这个美好的季节里，我们齐聚一堂，欢庆杭州知青赴宁上山下乡五十周年，畅叙友情，格外高兴。首先，让我们感谢来自宁浙两地的各位领导和嘉宾，各界的朋友，尤其是传媒界的各位朋友，对你们多年来对杭州知青的关心、理解和帮助致以我们崇高的敬意！

五十年风雨兼程，我们同乘一列火车赴塞上江南宁夏川，命运把我们连接在一起，这是我们的缘分！

五十年春华秋实，今天我们相聚在西子湖畔，欢笑情如旧，这是我们的福分！

此时此刻，我们分外怀念和痛惜提前离我们远去的那些兄弟姐妹。我们不会忘记他们，他们的音容笑貌依然时常浮现在我们眼前。

遐思辑

159

当岁月的沧桑化为飞霜，染白了我们的双鬓，化为皱纹，刻上了我们的额头，回首人生，我们拼搏努力了，我们奉献付出了，我们没有辜负这个时代，我们对得起国家、人民、家庭和自己。

五十年，弹指一挥间，很短暂，也很漫长。青春的花朵已经绽放、飘落，但宁夏川的美好回忆，还有宁夏回汉人民对我们的深情厚谊，永远铭刻在心里。这次王连生、周兴等永宁县老领导来杭参加活动，慰问生活困难的杭州知青，这样的例证，恐怕全国来说也是不多见的。我们衷心祝愿，第一故乡、第二故乡一起兴旺发达，共圆中华民族振兴之梦。

满目青山夕照明，最美不过夕阳红。秋天是收获的季节，在人生的金秋里，我倡议大家不妨做到"三乐"。

一是知足常乐。回想五十年前的知青生活，真是饿其体肤、劳其心志，那么苦都过来了，比起当年，现在的境遇都已大大改善。当我们进入随心所欲不逾矩的年岁时，不用为稻粱谋、不用作名利求，何不旷达释怀，笑对命运人生。"宠辱不惊，看庭前花开花落；去留无意，望天上云卷云舒。"一切顺其自然，求得晚年身心的快乐。

二是自得其乐。卸去生活的重担之后，含饴弄孙、书画摄影、诗词歌赋、山水壮游，轻歌曼舞，享受人生的乐趣，收获健康和快乐。同时择善而从、量力而行，为国家、社会尽自己所能发挥一些正能量。我们这次看到的5641摄影团队作品展，情系宁夏川组歌，还有等一会儿要看的精彩原创节目都是生动的例子。这些作品充分讴歌了当年知青奋斗、奉献的精神，东西部合作、携手发展的美好愿望，以及回汉人民团结的可贵情谊，这些都充满了社会主义核心价值观的正能量，反映了大家的心声。这些活动不但充实了我们的生活，而且能起到教育后代、启迪社会的良好作用。

三是互助为乐。在人生的历程中，命运让我们和宁夏川的人民群众走到了一起，命运让我们一千多杭州知青走到了一起，其情谊之深厚，感天动地。我们还要像曾经逝去的五十年一样，互相关心、互相帮扶、互相勉励，忆往事、抒真情、常来往、共扶携，使生活之树常青，使深厚的情谊永存。

让我们与健康和快乐同行，伴随着习总书记提出的中华民族振兴的圆梦之旅，迈步走向明天。预祝我们纪念上山下乡五十五周年再相逢，六十周年再同庆！

谢谢大家！

项宗西
2015年10月

遐思辑

纪念宁夏回族自治区
成立六十周年及杭州知青上山下乡五十三周年

各位战友、各位老乡，尊敬的远道而来的宁夏的贵宾们和各位媒体朋友们：

金风送爽，桂子飘香！今天我们相聚在美丽的西子湖畔，隆重欢庆我们的第二故乡宁夏回族自治区成立六十周年，同时也庆祝我们支宁上山下乡五十三周年。

特别有意义的是这次我们欢聚的队伍扩大了，有几乎和我们同时来宁夏的舟山市的支宁知青，有后于我们的到固原地区插队的以原杭州二中为主的支宁知青，到永宁和青铜峡插队的知青后来有相当一部分被招到石嘴山矿务局。就是说，在20世纪60年代中后期始，从宁夏最北的宁蒙交界处到最南的六盘山下，都留下了我们支宁知青的足迹。我们务过农，下井挖过煤，修过青铜峡大坝，建过贺兰山下的空军机场。我们的青春留在了大西北，宁夏全境都曾挥洒过我们的鲜血汗水。今天我们庆祝自治区成立六十周年的生日，宁夏已经今非昔比……

宁夏的宁东已被誉为我国煤化工航母，位居四大示范基地之首；宁夏的河东机场已更名为河东国际机场，开辟了多条国际航线，飞向东北亚、中东、南亚等地；宁夏的高速公路四通八达，同时在开工建设三条高铁，再过两年中卫将成为祖国西北的又一高铁枢纽；宁夏的枸杞红遍九州，宁夏的葡萄酒醉倒天下……

我想听到这些，大家一定分外激动和自豪。宁夏的史册中写下了我们光辉的一笔，一生中曾为祖国西部大开发作出贡献，我们感到无比自傲和光荣。

岁月轮转，光阴如梭，现在我们都已双鬓斑白，垂垂老矣。但莫道桑榆晚，为霞尚满天，哪怕已经年逾七十，我们也要乐观积极地面对生活。多些老骥伏枥的豪情，拥抱满眼青山夕照明的乐观，正像歌里唱的，最美不过夕阳红，温馨又从容。心情豁达，健康第一，争取年轻时不拖累生你的人，年老时不拖累你生的人，我们满怀豪情携手等到中华民族复兴梦圆的那一天。

真诚地问候大家！祝福大家！

愿庆祝支宁下乡六十周年再相会，庆祝自治区成立七十周年再相会！

谢谢大家！

项宗西

2018 年 9 月 25 日

遐思辑

163

友声辑

肆

境界　品格　高度

——读项宗西《疏影清浅集》有感

王武军

　　《疏影清浅集》是宗西先生的又一部诗词、散文、杂文集，2015 年 10 月由浙江文艺出版社出版。全书收录了作者 2013 年以来创作的诗词、楹联、现代诗、散文和杂文等作品 140 余首（篇），也选编了若干评论家和诗人对作者创作的评论文章和赠诗。其中所选诗词作品题材广泛，语言凝练，讲究格律，有着"韶华虽易逝，秋色胜春光"的诗意气质和人生境界；散文、杂文、随笔和政论性文章既有生活回忆和人生感悟，又有理论批评和政治情怀，显示了作者丰富的人生阅历和娴熟的创作水平。作者在自序中谦虚地说："这些写作题材纷呈，角度各异，就像疏影横陈，零零碎碎，虽深度不够但力求清澈透明，水虽浅却能一眼看到底。故取名《疏影清浅集》。"

　　宗西，本名项宗西。1947 年 3 月生，浙江乐清人。20 世纪 60 年代作为知识青年上山下乡从杭州到宁夏，至今，相继在宁夏

农村、企业和县、市、自治区各级综合经济部门及党政机关工作。曾任自治区副主席、党委常委、纪委书记，宁夏回族自治区第九届政协主席，现任全国政协经济委员会副主任。中国作家协会会员、中华诗词学会顾问、宁夏诗词学会总名誉会长。诗词和散文作品先后在《人民日报》《光明日报》《中华诗词》《中华辞赋》《诗刊》以及宁夏、浙江等地的报纸、杂志上发表。著有诗词和散文作品集《春色秋光》《春晖秋月》《霁月清风集》和《疏影清浅集》等。四十多年的塞上工作和生活经历，使其诗词、散文不仅清新透亮，而且兼具西北的雄浑豪放和江南的婉约细腻，具有鲜明的地域特征和时代情怀。

诗词：境界与高度

纵观中国几千年的文化，传统古典诗词的创作与诗人的人生经历和人生境界密不可分，而人生境界又决定了一个诗人诗词创作的高度。南宋李涂在《文章精义》说，"作世外文字，须换过境界。"意思是一个作家和诗人要想写出传世作品，就得有很高的思想境界和人生境界。

诗人宗西生于江南，从小就受到传统诗词的熏陶，上小学的时候，曾获得杭州市少年儿童诗歌大赛一等奖。20世纪60年代作为上山下乡知识青年从杭州来到宁夏，经过四十多年的塞上工作和生活，从一个江南书生一步一个脚印扎实地走到省部级领导，如此丰富的人生经历，不但凸显出他人生境界的高度，也决定了他诗词创作的境界和高度。他的诗主要以江南水乡和塞上宁夏为主，作品题材广泛，时空跨度大；语言凝练，注重形象思维；结构严谨，气韵形象生动；讲究格律，境界高远辽阔；兼具西北的雄浑豪放和江南的婉约细腻。他用古典的艺术形式说着当代人的话语，倾吐着当代人的心声，有一种家国情怀和浩然正气。他不但继承了盛唐边塞诗雄奇豪迈的诗风，而且在探索中进一步拓宽了诗词创作的题材，融入了全新的社会生活内容，为当代新边塞诗的兴起、发展、壮大起到了推波助澜的积极作用。他的诗词创作不但在宁夏首屈一指，而且在全国占有重要的地位。

当代著名文艺评论家、曾任中国作家协会党组成员、《文艺报》主编、中华诗词学会会长，现为《中华诗词》主编的郑伯农先生这样评价项宗西的诗词："诗乃心声，诗如其人。作为在西北高原拼搏四十多年的江南书生，作为自治区的领导人，宗西同志魂牵梦萦的首先是脚下这片亲自耕耘过的土地。他的诗绝大部分与宁夏有关，是西部大开发的历史再现与艺术记录。他有丰富的生活阅历和诗词素养，更难能可贵的是，有大视野、大胸襟，写起诗来不矫揉造作，不故弄玄虚，用的是古典的艺术形式，说的是

当代人的话语，倾吐的是当代人的心声。所以，自然而然地具有鲜明的时代特征。"（《疏影清浅集》211 页）

　　著名作家、诗人、评论家，宁夏诗词学会名誉会长吴淮生先生曾这样评价项宗西："世上的事情往往一种倾向掩盖另一种倾向，政声掩盖了您的文学才华，原来不大为人所知。直至近些年来，读了若干尊作后，才知道足下有深厚的文学功底和敏锐的艺术感觉。这种情况，在与您相伯仲的人中间并不多见，这一点是令人敬佩的。"（《疏影清浅集》222 页）

　　诗人、诗评家张铎说："项宗西诗词的美是多方面的，但富有画意无疑是最突出的特点。作者就像一位高明的画家，以文字为材料，勾勒出了一幅幅精美的图画，且色彩鲜明，线条清晰，形象突出。这种以画入诗的写法，使他的诗结构严谨、语言清雅，含蓄蕴藉、气韵生动，想象丰富、意境高远。"（《读项宗西诗词集〈春色秋光〉有感》）

　　除了以上诗人、评论家所说之外，我觉得宗西先生的诗词作品中还有一种浩然正气、家国情怀，充满了正能量，富有时代气息。比如他的《念奴娇·习总书记再访兰考——步〈追思焦裕禄〉原韵》一词（2014 年 4 月 18 日刊载《光明日报》）：

　　桐花初放，紫霞飞，绿满中州大地。

笑貌音容今宛在，魂化年年春雨。

故道黄沙，荒畴苦碱，重任苍生系。

桑田沧海，全凭拼搏豪气！

世事捭阖纵横，鞠躬尽瘁，明镜廉泉洗。

身处中枢念黎庶，爱伴大河流去。

举国"聚焦"，中华圆梦，百载炎黄意。

扶摇振翼，长空千里凝碧。

这首诗，其调高亢，铿锵有力，站在历史和政治的高度，既有对人民公仆焦裕禄的怀念，又有对他心系百姓、清廉如泉、鞠躬尽瘁、拼搏豪气的赞美；同时，也歌颂了以习近平总书记为首的党中央，"身处中枢念黎庶"的全心全意为人民服务的伟大情怀，进而赞美了中华民族追寻中国梦的伟大时代，具有强烈的时代感。全诗浑然一体，字斟句酌，情真意切，"扶摇振翼"中蕴含着一种积极向上的力量。还有他的《忆秦娥·塞上情》一诗，表达出诗人"征途千里凌霜雪，曾将热血书忠烈。书忠烈，豪情长系，贺兰山缺"的铮铮铁骨和建设宁夏的壮志情怀。

当然，他的诗也有一种豁达境界。他的五言律诗《塞上重逢》一诗："少小结同窗，漂泊各一方。难能西北旅，相见鬓飞霜。归雁长河歇，疏林大漠黄。韶华虽易逝，秋色胜春光。"诗人用

友声辑

深情的笔触，抒写出深厚的同窗情谊，以及"漂泊各一方"，几十年后在西北相见时，已两鬓斑白，发出"韶华虽易逝，秋色胜春光"的人生感叹，表达了真挚的内心情感，读来令人荡气回肠，折射出一种豁达的人生境界。

散文：人格与文格

文以载道，言为心声。一个人的文学作品往往能体现出一个人的志向追求，反映出一个人的思想品格。通读项宗西先生的《疏影清浅集》中的散文之后，感觉先生为文为人之道憨厚朴实、实事求是，叙述严谨、情真意切，达到了人格和文格的统一。细细读来，大致可以分为以下几类：

一是以写人记事为主的追忆性散文。在《明月清辉伴人生》《我们曾经年轻》《我所了解的家新》《清明祭——怀念小多》《追忆——怀念同窗詹天祐》《吃螃蟹逸事》等回忆和纪念性文章中，作者用饱含深情的文字，到记忆里去寻找，在生命里去怀念……在《我们曾经年轻》一文中，作者通过对杭州二中四十三位同学的回忆，恰同学少年，风华正茂，五十年春华秋实，表达了作者"宠辱不惊，闲看庭前花开花落；去留无意，漫随天外云卷云舒"的人生情怀。而在《清明祭——怀念小多》一文中，通过对一起下乡插队的樊小多同志的追忆，表达了浓烈的革命情谊和对第二故乡宁夏的热爱。透过这些回忆性的文章，让我们触摸到了远去的岁月，感悟到了生命的重量；同时，也感受到了作者不怕艰苦、积极向上、奉献青春、建设宁夏的高尚情怀。

二是以生活和工作为主的杂感性文章。在《品读郑板桥》《"司空见惯"的由来》《杂感（一）》《杂感（二）》《甲年杂感》《习惯和不习惯》《杂感三则》等文章中，他把自己对人生、对艺术、对生活、对社会、对历史的感悟，融入到沉静稳健的文字中，或慷慨陈词，或娓娓道来，表现出他特有的叙事风格。比如在《宠辱不惊　达观自如　磊落胸怀——苏轼的人生境界》一文中，在对苏轼一生的经历及其在文学艺术上杰出的贡献进行酣畅淋漓的叙述之后，他笔锋一转，巧妙地切入了文章的主题，对苏轼的人生境界进行了总结，他写道："身处逆境，不沉沦，不怨天尤人，倾尽全力为民解难为百姓服务造福，这是苏轼崇高的人生境界。胸襟宽阔，光明磊落，诚信待人，有情有义，这是苏轼立世的原则。"在文章的结尾，作者写道："在相隔千年的今天，我们不妨学学苏轼在人生的旅途上任凭风吹雨打，'一蓑烟雨任平生'，以'何妨吟啸且徐行'的从容，去面对艰难险阻，去攀登事业的高峰，去获取胜利的果实。"这既是对自己的鞭策，也是对读者的勉励。

三是以时事新闻为主的时评性文章。作者在《这绝不是个小

友声辑

问题》一文中，通过对国人在出境旅游中出现种种不文明行为的阐述，得出"这绝不是个小问题"，出国，你就代表着一个民族的文明素养和国家形象，你不文明，民族和国家都不光彩。看似小问题，却"恰恰说明我们的精神文明建设没有跟上物质文明建设的步子"，值得引起高度重视。还有《为"草根"英雄唱响赞美之歌》《面对"幸福之问"》《两会期间时事点评》《厚颜无耻的"抗议"》等时评性文章，都写得很有观点、很有特色。尤其是《载人航天——最大的收获是什么？》一文，读来令人震撼，让人耳目一新。当作者在新闻上看到神州九号载人航天飞船顺利返回地面时，他用自问自答的形式发出感慨——"载人航天我们收获了什么？"是"航天技术、经验，航天器的制造，航天产业的应用开发，航天事业的大发展……""这些都算，但觉得还有一样，绝不次于以上所说的。那就是一支战无不胜的载人航天人队伍和从他们身上体现出来的可贵的载人航天精神。"最后，作者写道："鲁迅先生说过：'中国自古就有埋头苦干的人，有拼命硬干的人，有舍身求法的人，有为民请命的人，这些人才是中国的脊。'正因为有了脊梁的支撑，中华文明才延续了五千多年而绵延不绝，中华民族才历经磨难而愈挫愈奋，傲然屹立于世界民族之林。我们航天人和载人航天团队，正是我们中华民族精神的杰出代表！"这才是我们最重要的和最可宝贵的收获！

当然，宗西还写了一些观后感、读后感和序言类的文章，如《电视纪录片〈断刀〉和〈严寒的冬天〉观后》《国是安危终萦心——张国宝同志〈种树书集〉读后》《〈月塘秋望〉序言》等。逐篇读来，总体感觉他的散文是多角度、多视野、多层次的，包含了社会生活的方方面面，这与他的人生阅历和生活经验、自我感悟密不可分。撇开题材和内容，单从散文艺术来说，我感觉他的散文主要有以下特点：

一是题目新颖，直切主题。著名散文评论家荣昭在《散文写作如何突破》一中指出："一半文章一半题。我非常赞成，好标题决定着文章的面目，甚至是内涵，决定着有没有高度，有没有吸引力。"如前文讲到的《我们曾经年轻》《吃螃蟹逸事》《载人航天——最大的收获是什么？》等散文，一看标题，就给人一种想去阅读的冲动。

二是叙述流畅，观点鲜明。他的散文拒绝遗忘、追忆过去，突出主体在场的描述；他的散文直面现实，深入内心，突出友情的表达；他的散文忠于自已、情感饱满，突出爱憎分明的立场；他的散文关注文化、富有哲理，突出羽化人心的哲思，形成了与现实、与社会、与历史、与人生对接共生的精神指向。

三是内涵丰富，独具个性。不论是写同学少年，还是追忆知青生活；抑或是写历史人物，还是时事杂感，他的每一篇文章都有丰富的内涵，都是经过深思熟虑、有感而发，从不东拉西扯、

堆砌文字。由于他不同于平常人的经历和生活，所以，他行文的视野和高度也就别具一格，是其他作家无可复制的，凸显出他独有的个性和高远的境界。

诗论：深度与广度

宗西先生在从事诗词和散文创作的同时，密切关注着诗词事业的发展，尤其关注着宁夏诗词的发展。作为全国政协经济委员会副主任、宁夏政协第九届委员会主席、宁夏诗词学会名誉会长，他在 2015 年 3 月全国两会期间，接受了《中华诗词》记者潘泓的采访，就诗词方面的谈话很有见地，有一定的深度、高度和广度，对诗词发展和诗词创作具有深远的意义。

在谈到新诗和旧体诗词的关系时，他说："说到新诗与旧体诗词的关系，我觉得新诗必须在继承传统的基础上创新，才能有所突破。我为什么喜欢贺敬之、郭小川等人的诗，就是因为他们虽然写的是现代诗，但他们骨子里传统诗词的根基很深。"这段话值得我们每一个新旧诗词创作者深思和借鉴。

在谈到诗词为历史存正气、为世人弘美德方面的独特作用时，他说："古代官员都会写诗，有名的大诗人韩愈、白居易、苏轼、郑板桥等，是好官，也是好诗人。我非常推崇郑板桥的诗，他的艺术成就和境界，不仅仅是在画和书法方面，他的诗也应引起重视，比如'衙斋卧听萧萧竹，疑是民间疾苦声。些小吾曹州县吏，一枝一叶总关情'。如果官员爱好诗，脑子里经常有这样的诗，对自身的行动就会有影响。"道出了诗在社会美德、人间正气和廉政建设中的重要性。

而在发于 2015 年 3 月 13 日的《中国文化报》上的《加快中华传统诗词的发展创新步伐》一文中，作者高屋建瓴、科学地提出发展传统诗词的四条建议：一是尽快转到以新声韵为主的轨道上来，这件事是"求正容变"的核心内容之一，提出已经多年，但改革的步子还不大。平水韵一统天下的局面还未完全打破。建议由全国性的诗词刊物（譬如《中华诗词》）来带头倡导，带动各地方诗词刊物共同来做。凡采用新韵作品可不标注，采用旧韵的另设专栏，或单独标注（"平水韵"或"旧韵"）。各种诗词比赛也照此办理，以此为开端，全面实行，将新声韵为主的改革落实到位。二是平水韵的改革也应提到议事日程上来。现在对旧韵的缺点，学界比较关注其使用中用现代汉语已经不押韵的音韵，却仍在同一韵部带来的不协调，而对现在语言明明同韵而按平水韵分部成了不押韵的现象却比较忽视。《词林正韵》的韵部分为十九部，实际上合并了平水韵中的一部分读音相近的韵部。如果考虑将诗、词共用同一韵书，即修订后的《词林正韵》把有关韵

友声辑

秋水長天集

部合并后诗词共用同一韵书，可起到既坚持了平水韵，又和现代语音进一步趋向一致，可以大大减轻"镣铐"的束缚。不过此事可能会有较大争议，可以逐步研讨、设计，待条件成熟后推行。三是要编创有权威的诗词格律韵书。现在这类书籍（包括各类诗词教习班的教材）质量良莠不齐，有的存在遗漏，有的互相矛盾，甚至还有错误百出、误人子弟的。建议由中华诗词学会和中华诗词研究院牵头，编创具有权威性的诗词格律书，或者正式认定推荐目前已正式出版的此类书籍的书目，以解决当前诗词教习中的急需。四是要大力加强对从事诗词教育的人才的培训和考核认定。由于当今的诗词热，各种讲习班、学习班、老年大学诗词班如雨后春笋，遍地开花。从事诗教的人员水平不一，参差不齐。有的只认平水韵，将新韵一律排斥。有的不懂律诗的拗救，将正确的变格判定为错误（这种情况某些报刊的副刊编辑也存在），让人无所适从，大大影响了诗词爱好者的学习积极性。组织诗教人员的培训和适当的资格认定工作，各级诗词学会可以担当起来。但这应当作为一项服务性的工作，注意不要走到审批和收费的路上去。做好传统诗词的改革创新工作，这项工作尤其不能忽视。

　　这四条建议原文收录在此，与大家共同重温，以鞭策我们所有的诗人。

2017 年 9 月 18 日于银

王武军：宁夏固原人。在《朔方》《诗歌月刊》《中国诗歌》《扬子江》《山东文学》《绿风》《黄河文学》《六盘山》《宁夏日报》等报纸杂志发表诗歌、散文、评论、随笔三百余首（篇），出版诗集《经年的时光》、评论集《疼痛与唤醒》，中国诗歌学会会员、宁夏作家协会会员、宁夏诗歌学会理事。

友声辑

诗的语言　诗的情怀

——简评项宗西同志的散文

张　铎

　　近读中华诗词学会主办的《中华诗词》2015 年第 4 期发表的该刊记者采写的专访《抓住机遇，在诗词创作的深度、高度、广度上取得突破——访著名诗人项宗西》，访谈中对宗西同志的诗词创作多有涉猎，谈得很中肯，于是我便打消了撰写宗西同志诗词评论的想法，在此只谈谈读他的韵文之外的散文、随笔类文章的一些初步感受。

　　宗西同志一手创作诗词，一手撰写散文。最近浙江文艺出版社出版的宗西同志的诗文集《疏影清浅集》，是作者的第四部著作，也可以说是作者的一本诗文选集。集中除了收集作者近年创作的一些诗文，还选编了《春色秋光》《春晖秋月》《霁月清风集》三本书中的部分作品。每次收到作者的作品集，内容还未来得及看，单是那书名，就让我沉吟半天。作者在《霁月清风集》后记中说："无论对自然界还是人文界，我们都应当怀有崇高的使命感和紧迫感，以每个人不竭的努力，使之恢复为纯洁美好，清雅脱俗，犹如清风明月般的美好境界。做事如此，行文如此，为人更如此。"难怪作者的诗文和书名都那么美好，那么富有诗意。

散文在我国古典文学里与诗词等韵文是相对而言，泛指除诗、词、曲以外的一切不押韵的文章。而现代文学中所谓散文是和诗歌、小说、戏剧相并列的一种文学体裁。散文的特点，如果用一个字来概括，就是"散"，它从取材、手法、形式、语言等各方面来说，几乎都没什么限制，比较自由，然唯其自由，往往不自由。这正如王国维所说"散文易学难工"。散文因其贵在一个"散"字，就越须艺术匠心。而不是有人所谓的"玩"，记流水账、跑野马，发一些常识性的议论，制造一些连自己都不想再读的东西，还奢望读者去读。试想，一个人梳妆打扮受看，还是蓬头垢面好看，这是再简单不过的道理。宗西同志的散文有随笔、杂感、评论等，形式多样，大都有感而发，以传统的美的表现方式，真实地表达当代人的所思所想所感，且文有诗意，感有真情，论有文采，既自然朴素，又颇具美感。

一

宗西同志散文随笔的突出特点是从不摆谱，也没架子，亲切

友声辑

181

自然，平易近人，又清新亮丽如湖水，空明澄净如秋月，有诗的情调，诗的情怀，即"文贵有诗意"。如《在和"艺术总监"相处的日子里》，作者开头写"看了'由之'在'文史资料'里翔实的记述"，便打开了记忆的闸门，想起了和"艺术总监"相处的那段难忘的日子。诗人娓娓道来，不像是拉开架势写文章，倒像是话家常，一点也不突兀。紧接着作者写"艺术总监"取网名为"克隆小肥猪"调侃自己，而作者认为他身材偏瘦，取"翻版金丝猴"倒更为贴切。语言幽默诙谐，生动有趣，颇富生活味，且跌宕起伏，真乃是"文似看山不喜平"。这里的"瘦"让人印象比较深刻。"瘦人"出身于琵琶演奏世家，拿手的乐器当然是琵琶，可为了工作需要，很快就熟悉了地方戏的乐器三弦，而且听他伴奏还能听出他的心情好坏，技艺不可谓不精湛，但作者并未直接写，而是运用侧面描写，令人印象深刻。正如美国新批评家布鲁克斯所言："艺术的方法绝不会是直接的——始终是间接的。""瘦人"性情活泼，到哪儿都和老老少少打成一片。有一次和一帮小嘎子、小丫头在大通炕上打闹，见我回来，疾呼助战，而我却"落荒而逃"。这段叙述妙趣横生，既新奇又质朴，既熟悉又陌生，精微地写出了作者独特的感受，语言不加修饰，平易自然，令人解颐。"艺术总监"是个性情中人，几近透明，虽有些猴气，但活泼开朗，能给大家带来欢乐。可就是这样一个"瘦人"，这样一个看起来大大咧咧毫无心机的人，在我们排演的节目将赴银川汇演之际，在我审查不合格、领队让我"正确对待"之时，"瘦人"却来送我，安慰我，为我打抱不平。此乃粗中有细，一颗善良之心宛然可见。有了前面的铺垫，"瘦人"的行为自然而然。"不合格的"人参与编创的节目全部通过了合格的审查，并且"一个不少地上了全区汇演的舞台，有的还获了奖"。平常的文字写出了不平常的情意，柔中有刚，饶有余味。"海内存知己，天涯若比邻"。后来我背着二胡去找他，他也背着琵琶来找我。朋友相聚，在"里三层外三层"知青的叫好声中，"奏了一曲又一曲，欲罢不能"。这样的氛围描写，烘云托月，它使人的思绪长久地萦绕其间，难以离去。那时代、那岁月、那青春、那生活，几笔便呈现在读者眼前。天底下没有不散的宴席，后来我们各奔东西，好长时间没有见面。这次在知青艺术回访团的名单里，我看到了他的名字，还标注着"艺术总监"，点名题旨，首尾呼应。可谁又料到，艺术总监"病倒于回访团出发的前夕"，波澜又起，惋惜和担忧之情溢于言表，但我看着演出的一个个精彩的节目，"仿佛看到了他熟悉瘦削的身影"。呼应前文之"瘦"，浓淡有致，显隐相宜，既自然又和谐。作者绘声绘色，寥寥数笔，人物剪影异常清晰，一个活脱脱的友人形象"艺术总监"立了起来，神情毕肖，呼之欲出。行文虽一波三折，曲中有奇，然宛如行云流水，

犹如小提琴曲，全是本色行当，不见斧凿之痕，于平易之中显示出了作者的高超技巧。而他对友人"翻版金丝猴"的怀念之情也力透纸背。这是一种将"艺术的匠心"藏于"自然的气垫底下"的艺术。结尾引用李商隐《夜雨寄北》中的诗句："何当共剪西窗烛？却话巴山夜雨时"，含不尽之意见于言外，余音绕梁。这不是诗，是什么？当然，这还是散文，只不过是一种诗化了的散文。鲁迅先生评司马迁的《史记》说："史家之绝唱，无韵之离骚。"这篇美文其实也是无韵的诗篇。著名散文作家杨朔曾说过，好的散文就是一首诗。

与上文相比，随笔《明月清辉伴人生》简直就是散文诗。"又逢中秋，举头遥望，银川阅海上空一轮皎洁的圆月，给塞上洒下遍地的银辉。清风徐来，柳绿飘拂，使人感慨万千"，柔毫上蘸着塞上的清辉，不多的几笔就将读者带入了凤凰城的湖光之中，这就是诗之境界。是啊！"月之阴晴圆缺伴随着人生一世的变化"，明月清辉伴随作者蹒跚学步，牙牙学语，走上人生之路，耕耘于黄河之滨。文章的语言清新优美，一唱三叹，情景交融，给人以强烈的现场实感，极富意境之美。人生须臾，"还能几回面对如此宁静皎洁的中秋之月呢？"这石破天惊的一问，节奏骤然凝重。人生的黄昏"便是月亮即将升起的时候"，这样的句子，既达观超脱，又富有哲理，其实就是不分行的诗句，且远远胜过那些所谓的分行的诗！"月行却与人相伴"，那就让"明月的清辉陪伴着人的一生"。随着情感的跌宕起伏，作者那种蕴藏于景的丰富的、多侧面的感情涟漪，全都服从于主旋律的支配，并从各个艺术角度烘托、渲染主旋律，从而构成了一首完整统一、和谐协调的抒情乐章，空灵而又充实，清新而又激昂。作者豁达的心情，开阔的胸襟，积极进取的人生观昭然若现。这种融情于景与直抒胸臆的结合，浓化了作品主观抒情的色调，使作者的抒情风姿得到多样丰富的艺术表现。这种境界，就是诗的境界、美的境界。高尔基曾说："真正的美，正如真正的智慧一样，是非常朴素的，并且是人人理解的。"通俗地讲，这样的散文就是用散文写的叙事诗，用诗写的抒情散文，是典型的美文。至于"春色秋光""霁月清风""疏影清浅"等美好的境界，也是诗的境界。乃至作者作品集中的辑名如吟啸、潺湲、逸怀、凝眸、翠微、紫云、春芳，等等，也不同于一般，有一种诗的味道，笔意飘舒，风格别致。这些书名、辑名之所以让人难忘，不仅是因为它们对书中的内容作了诗意的概括，更为重要的是反过来又加强了整个书中作品的诗意。

二

宗西同志随笔杂感语言似乎是"摆龙门阵"式的闲谈漫话，

十分接近口语，朴素自然，但又散发着一种浓浓的书香味，感情色彩比较强烈，即"感贵有真情"，而且"情"作为线索之一，支配着文章的走向。这正如刘勰所说："情者文之经，辞者理之纬，经正而后纬成"（《文心雕龙·情采》）。杂感《这绝不是一个小问题》写的是出国文明旅游的问题。现在我国出境旅游的人越来越多，超过一个亿，而少数游客不文明的行为的确不可小觑。"这个少数，即便是 5%，如果按每年一亿人次出国计算，也就达 500 万人上下了，绝对数够大了，影响也是够大的了。"这怎能说是小问题？作者把读者当作同事和朋友，娓娓而谈，倾吐着自己的感受和看法。也许"有人会说这是我个人的行为，不碍别人什么事。是的，可是你长的黑头发黑眼睛黄皮肤，一看就知道是中国人，丢的是炎黄子孙的人，伤的是国家的脸面。"由此可见，怎能说是你"个人的行为，不碍别人的事"？作者按捺住情绪，不紧不慢地谈着自己的认识，使读者既感到真实自然，亲切可信，又深受感染和启发。进而他又说："一国的国民综合文明素质也代表着国家的软实力"，"是必须引起高度重视的大事"，而且"要从青少年抓起，甚至从幼儿园抓起"，波澜起伏，层层递进，最后作者大声疾呼："解决此事既要治标，更要治本，确实是该引起高度重视的时候了。"寄意深远，且又风骨凛然，收放自如，字字句句撞击着读者的心扉，从而使作者那蕴含于恬淡格调中的忧愤情感表达得更加充分、更加深沉，也更加动人，具有极强的时代感。而文章的语言却又平易自然、通俗易懂，就像和老朋友促膝谈心一样，情致纯正、恳挚、质朴而又深厚，时有诗情哲理交织的警语出现，作者的思想观点表现得极为鲜明。

俄国著名评论家别林斯基曾说："任何伟大诗人之所以伟大，是因为他的痛苦和幸福的根子深深地伸进了社会和历史的土壤里。"也许，正因为如此，作者的议论性杂感，写得清新而又明快，时代感较为强烈。这里没有弥漫于时下有些作家作品中的戾气、市侩气，充溢其间的是正气、大气。著名评论家郑伯农先生在谈到项宗西同志的诗词时曾说："他有丰富的生活阅历和诗词素养，更难能可贵的是，有大视野、大胸襟。写起诗来不矫揉造作，不故弄玄虚，用的是古典的艺术形式，说的是当代人的话语，倾吐的是当代人的心声。所以，自然而然地具有鲜明的时代特征。"

又如杂感《电视纪录片〈断刀〉和〈严寒的冬天〉观后》，这两部纪录片记述了抗美援朝志愿军入朝第一、第二次战役的情况。由于"引用敌我双方的影像资料和图片，以及亲身经历者的叙述，史料翔实，朴实无华，真切感人"，没有华丽的辞藻，如与友人聊天似的，于平和中寓炽热的感情，文章虽短却引人入胜。"联想当前，我们正在开展党的群众路线教育实践活动，我们不妨少看一些荒诞不经的穿越剧、钩心斗角的宫廷戏、血腥刺激的

武打片，挤出时间来看看这两部并未作大张旗鼓宣传的——《断刀》和《严寒的冬天》。不妨以那些为了新生的共和国用血肉之躯和钢铁巨人相搏的烈士们为镜子，照照我们的思想和行动"，这是一般见识浅薄者难以比肩的，颇有鲁迅杂文的风度气质，具有强烈的思想震慑力和深邃的历史穿透力。宗西同志的语言也不像徐志摩式的散文语言，浓得化不开，比较朴实凝练，却不露声色地寄寓了作者深沉的感情。"现在在部分党员干部中，批评和自我批评往往成了表扬和自我表扬。好人主义盛行，多栽花、少栽刺，唯恐伤和气、丢选票。而看看我们的老前辈，提意见敢于刺刀见红，勇于接受批评，改正缺点。其根本原因在于他们对祖国和人民的无限忠诚，对党的事业高度负责，出于完全彻底的大公无私。'万岁军'的故事不是正好说明了这一点吗？"作者放开眼界，推论其他，进一步拓宽了文章的意境。鲁迅先生曾说："只有真的声音，才能感动中国的人和世界的人。"为文如果缺乏真诚肯定行而不远。值得一提的是该文叙述长短句交错，张弛有度，以及抑扬有致的节奏，是那样激越，铮铮于耳。静心体味这些带着温度的真挚之言，又如烈性酒，快速地渗入心田，使读者的心热了起来，久久不能平静。众所周知，感情的运动是有节奏的，因而语言也就是富于节奏的。在这里，语言的节奏积极而又不动声色地发挥着它应有的艺术功能，传达出了作者炽热的真情，针对性极强。这也是批评，而且锋芒毕露，是非常尖锐的批评，但又让人心悦诚服。"《断刀》和《严寒的日子》是两部忠实于史实的纪录片，更像是一本群众路线教育的生动教材，不妨抽空看一看吧，你一定会被它们打动的。"语重心长，语言在严肃、流畅中起伏变化，这样的文字与作者所抒发的思想感情、时代的节奏、心灵的律动浑然一体，形成了作者积极、真诚而又自然的艺术风格。此类文章作者写了不少，如《甲午杂感》《习惯和不习惯》《两会期间时事点评》《吃谁的饭，砸谁的锅》《为"草根"英雄唱响赞美之歌》，等等，在这些朴朴素素、实实在在的作品里，融汇了作者多少切肤的感受和认识，又回荡着作者多么诚恳、深挚的时代激情啊！事实上，任何一部文质并茂的作品，虽抒发的是个人之情，但总会打上时代的烙印，反映出时代风采，体现时代精神。这就是说，任何文章不论短长，只要作者的思想感情与时代同频共振，那么他的文章便与时代的脉搏息息相通。一个时代有一个时代的文学，只有与时代同步，才能创作出不同于以往任何时期或时代的新文学。问题的关键在于人格决定文格，且这种时代情愫"皆沛然从肺腑中流出"，是一种朴素与壮美的辩证统一，是文格与人格的和谐统一。

三

　　著名作家贾平凹说：综观中国的散文史，它的兴衰沉浮有一个规律，就是一旦失去了时代社会的实感，缺乏真情，它就衰落了。在宗西同志的散文随笔创作中，叙述就是为了抒情，是为了抒写对生活的理解和诗意的感受，而议论则是画龙点睛。这种以情驭事、以论点睛的方式是宗西同志散文的又一个比较显著的特点，即"论贵有文采"。如《国是安危终萦心》是作者读原国家发改委副主任兼能源局局长张国宝同志的诗文集《种树书集》后写的一篇评论。作者写道，"不唯书，不唯上，只唯实"是国宝同志行文做事的一个共同特点，以致他的每一篇文章都直奔主题，"没有一句空话、套话、穿靴戴帽的话"。国宝同志作文开门见山，这对搞行政的同志来说，是多么难得！"这些调研、发言、报告，均是他亲自撰写，并非他人捉笔代劳"，而且国宝同志每一个论点，都有翔实的事实做论据，有科学的数据做依托。"他对宁夏很熟悉，但宁夏的项目该放行的他都尽快批准；该卡住的，他照样卡住。大家都知道他的为人、他的脾气，他绝不会以个人的因素来挡你。你不必去琢磨是什么地方得罪他了，或是'跑部'没有跑到，攻关没有攻下。他管全国的事，视野和角度比我们在局部、在一域工作的人一般总要胜一筹。"知人之论，作者用了诸多新鲜的事例，自自然然地，一步一步地将文章引向深入，使作品主旨渐次凸显，令人信服。尤其值得一提的是，当作者写到张国宝同志在《塞北布新局》一文中提到全国政协副主席、原宁夏回族自治区主席王正伟接见他时说的一句话："对你在任时，批的和没有批的事情我们都十分感谢。"国宝同志认为"这句话是最让我欣慰的褒奖……"我们也和作者一样，"为两位领导对事业高度负责的精神和海洋般宽阔的胸怀而叫好！"这种发自心灵深处的礼赞，变成了作品深沉而热烈、委婉而悠扬的主旋律，令人心情激越。

国宝同志的诗作，在作者看来是"牵挂国是的赤子之心跃然纸上"，并"很有特色"。这篇文章标题"国是安危终萦心"就是国宝同志的诗句。古人云：诗如其人。在点评国宝同志传统诗词之后，作者又引用了国宝同志的一段新诗《自豪》："不留恋呼风唤雨的权力／那是人民赋予我的职责／不在乎人走茶凉的失意／要理解潮涨潮落的规律／不吹嘘前呼后拥的经历／不过是过眼烟云的回忆。"言为心声，语言的表达受制于情感的表达。在这些传神写意、情感真挚的文字中，我们可以想象到国宝同志之为人，真是音容笑貌跃然纸上。"只为中华民族的发展崛起自豪！"作者指出国宝同志"一生的经历足可以告慰平生了"，但国宝同志却又是那样谦逊。这样的观点，让事实说话，既生动又形象，当然让人容易接受；这样的议论，有理有据，语言鲜活，当然让人佩服。文章的结尾，引用辛弃疾诗句"却将万字平戎策，换得东家种树书"看似揭示书名之含义，其实是又一次写出了国宝同志的谦抑之意，是很有力度的一笔，是衡文、评诗之后，作者又用这有力的一笔，刻画出了国宝同志那种"为国分忧，为民担责"的使命意识，让人读后留下了比较深刻的印象。这是有骨头的作品，又是有底蕴的作品。作者运用这些具体生动的事例，夹叙夹议，点面结合，让人读起来几乎觉察不到这是议论，且又是那样发人深省，言有尽而意无穷。"人生在世应该如何'为官、干事、为人'，这就是我们从《种树书集》中所得到的宝贵启示"。作者又何尝不是如此！这一点睛之笔使文章得到升华。而作为论文，这篇评论不仅具有独到的见解，而且也是一篇美文。文章注意了语言的生动形象，平易近人，进而上升到审美意识。至于情感的旋律则反复跳荡和奔突于叙议的各个乐章之中，成为一根贯穿全文的红线，使文章的结构显得更加致密而又自然，文采斐然。

宗西同志的文章喜欢引用古人或自己的诗句，但十分精审，非常贴切，非语言通俗易懂的不取，没有堆砌和炫耀的现象，反而锦上添花，增加了文章的表现力。如评论《宠辱不惊 达观自如 磊落胸怀——苏轼的人生境界》结尾有一段文字："'俯仰无愧天地，褒贬自有春秋。'在相隔近千年的今天，我们不妨学学苏轼在人生的旅途上任凭风吹雨打，'一蓑烟雨任平生'，以'何妨吟啸且徐行'的从容，去面对艰难险阻，去攀登事业的高峰，去获取胜利的硕果。"此文没有学究式的高议宏论，以散文的笔法写评论，读来十分顺畅自然。与诗歌相比，多了几分清淡和自然，典雅而又通俗，简洁而又潇洒，质朴而又优美，通脱中透着情韵，独树一帜，别具一格。这样的评论，知人论世，切中肯綮，让人佩服；这样的语言，准确凝练，生动形象，达到了内容与形式的高度统一，给人以耳目一新之感。全文既优雅深沉，又清新明朗，增添了不少诗意。

宗西同志的散文随笔之美，恰恰就在于这淡与浓、自然与雕饰之间，华而不俗，朴而不拙，清新明快，自然浑成。他似乎是在实践杨朔的把散文"当诗一样写"的观点。这个观点一度曾受到不少人的非议，但那种看法不是创新，是不懂艺术规律的表现。从古到今，陶渊明的《桃花源记》、柳宗元的《永州八记》、范仲淹的《岳阳楼记》、欧阳修的《醉翁亭记》、鲁迅的《白莽作〈孩儿塔〉序》、吴伯箫的《记一辆纺车》、魏巍的《谁是最可爱的人》、刘白羽的《长江三日》，等等，哪一篇不是"当诗一样写"的，给人以丰富的想象，具有诗的情调，诗的韵致，诗的意境，乃至如乐如画，余音绕梁。当然放弃散文本身的特点，完全按照诗的要求来写，绝不是"当诗一样写"的初衷，那就取消了散文。

总之，除了上述这些收获，我们从宗西同志的文章中，还得到了一个宝贵的启示，那就是没有真情实感不动笔，而且前提是如何"干事、为人"。一个无所事事的人，一个连人这个最简单的字都写不好的人，一个浑身充满负能量的人，奢谈什么创作。而宗西同志没有时下个别作家文化底蕴不深，格调不高，江郎才尽了，还"为赋新词强说愁"的做派，他提笔作文往往是有感而发，笔锋常带感情，正如清代著名学者沈德潜所云："带情韵以行。"不论宗西同志写什么体裁的文字，都贮满着一种浓浓的诗意，闪耀着思想的光辉。同时，他的散文又是古典与现代的有机结合，"明月清辉伴人生"，甚至，我们也可以讲，他的散文随笔是诗一样的志士人生的生动写照，呈现出激荡回环的抒情美。此类诗一样的隽永文字，诗一样的赤子情怀，就是他散文随笔的最为鲜明的特点。

宗西同志在《疏影清浅集》的自序中写道："诗言志，文寓意，诗文贵情真。"诚哉斯言！

刊于《朔方》（2018年第9期）

秋水长天集

194

塞上文苑两诗宗
——读项宗西、秦克温诗词印象

关　山

　　1995 年 9 月 4 日至 9 日，由宁夏日报社、宁夏政协教科文卫体委员会、宁夏诗词学会和银川市政府共同主办的全国第八届中华诗词研讨会在银川隆重召开，来自全国各省市自治区及海外著名诗人、学者、诗评家及宁夏诗词界代表 100 余人参加了研讨会。会后由著名诗人《宁夏日报》编审、宁夏诗词学会副会长兼秘书长秦克温编辑出版了《重振边塞诗风》《中华当代边塞诗词精选》等。这次会议标志着新边塞诗派的崛起，也是从这个时间点开始，著名诗人秦克温先生把诗歌创作的重点，从新诗转向了古典诗词，并成为"新边塞诗"的倡导者和代表诗人，被评论家称为中国"新边塞诗"的领军人物。

　　毋庸讳言，在西部最早提出新边塞诗理论主张，最自觉实践的诗人是 20 世纪 90 年代时任甘肃省诗词学会会长、著名诗人袁第锐先生，不过以创作实绩为新边塞诗的"横空出世"奏响了洪

195

亮序曲的则是毛泽东同志的《沁园春·雪》《念奴娇·昆仑》《清平乐·六盘山》等杰作。而第一个以个人专集形式证明了新边塞诗创作实绩的则是秦克温先生的诗词集《朔方吟草》。著名诗人、学者霍松林先生在为《中华当代边塞诗词精选》作序时，也曾指出了这一点。秦克温先生淡泊处世，生活简朴，耿介为人，不趋时，不媚俗，不出违心之语。古人云，诗如其人。因为诗是人格的表现，人格比较圆满的人才能真正成为诗人。"壁立千仞无欲则刚"。由于"无欲"，诗人才具备了耿介的品格。因为直，敢于抒发自己的真情实感，敢于直面人生，表现在语言艺术上，就体现了一种"真"的诗之境界。如"碧草生来个性强，柔肠寸寸尽如钢"。"风沙铮铁骨，雨露润芳颜"。自然率真，浑然天成。我国九叶派著名诗人唐祈先生对秦克温先生的诗作曾作过这样的评价："诗如其人，您的诗质朴、诚恳、亲切，仿佛塞上的泥土，散发出泥土的芬芳。"著名诗人吴淮生先生说："黄土不仅粘在他的肌肤和衣襟上，也浸染着他的灵魂。"不过，他也不排斥真正含蓄和风流蕴藉的作品。如秦克温先生《西河·晨过胜金关》词云："边塞地，悲凉岁月谁记？黄沙围困古城，穷愁未已。朔风频袭栈台空，黄河缥缈无际。史书事，俱往矣！英雄此看新系。绿林军出气豪雄，步步播翠，五旬光景尽峥嵘，河涛更壮人意。漠荒渐被秀木逼，望山川，芳草千里。沙燕旋飞何故？把新歌，唱响家家，呼啸奔过钢龙，东风里。"此词雄浑沉挚，诗味醇厚。从古写到今，视野开阔，遒劲有力，曲折有致。上阕情景交融，层次分明；下阕超迈沉着，颇有气势。全诗运用白描的手法，勾勒出了胜金关一带的壮丽景色及变化，既无华丽辞彩，又没有典故，平易如话，通俗易懂，但读来奇声逸响，豪情满纸，余味深长。正如作者《冬日闻驼铃》尾联云："豪情来笔底，任我写春秋。"《西河·晨过胜金关》是秦克温先生新边塞诗的代表作之一。诗人曾在《我与诗歌》中写道："我全力讴歌生我养我的黄土地，和黄土地一样忠实质朴的黄肤色人民，以及我的祖国母亲。"其实，秦克温先生的作品就是"沙枣花一样飘香的黄土"。

项宗西，笔名宗西。曾任宁夏政协主席，现任全国政协经济委员会副主任。写诗不是他的职业，但很小的时候他就喜欢"涂涂写写"诗歌。小学时期，他曾荣获杭州市少年儿童诗歌赛一等奖。上中学后，他还当过一段学生会办的诗刊的"主编"。20世纪60年代他作为知识青年上山下乡从浙江杭州来到塞上宁夏，从此深深扎根于斯，视宁夏为第二故乡。来到塞上的宗西同志虽手不释卷，笔耕不辍，但直到2002年以后，才大量发表作品，著有诗词自选集《春色秋光》、诗文集《霁月清风集》、随笔自选集《春晖秋月》等。2014年宗西同志步习近平总书记词作《念奴娇·追思焦裕禄》原韵所填的词《念奴娇·习总书记再访兰考》

友声辑

影响很大，刊物发表时都登在重要位置。"桐花初放，紫霞飞，绿满中州大地。笑貌音容今宛在，魂化年年春雨。古道黄沙，荒畴苦碱，重任苍生系。桑田沧海，全凭拼搏豪气！世事捭阖纵横，鞠躬尽瘁，明镜廉泉洗。身处中枢念黎庶，爱伴大河流去。中华圆梦，百载炎黄意。扶摇振翼，长空万里凝碧"。上阕通过习总书记的视角，刻画出了焦裕禄同志的形象，同时也烘托出了习总书记自己的革命情怀。看似写焦裕禄，其实也是写习总书记，为下阕作了一个很好的铺垫。下阕写习总书记心系"苍生"，严于律己，明镜高悬，为国事纵横捭阖，鞠躬尽瘁。习总书记指出焦裕禄同志"勤政"，"父老生死系"；"廉政"，"两袖清风来去"，这既是焦裕禄精神的体现，又是习近平同志自己的怀抱，而这正是我们这个时代所亟须的。"举国'聚焦'"，其实也是实现"中国梦"的战略举措。而"扶摇振翼，长空万里凝碧"，宗西同志这最后一笔，是展望，是理想，更体现了宗西同志对实现"中国梦"充满了信心。诗中"扶摇"一词虽出自《庄子·逍遥游》，但更让人熟知的则是毛泽东同志于1965年秋的词作《念奴娇·鸟儿问答》："鲲鹏展翅，九万里，翻动扶摇羊角。背负青天朝下看，都是人间城郭。""扶摇""羊角"都是旋风的别称。《念奴娇·鸟儿问答》中卷起旋风直上青天的是一只"鲲鹏"，那么宗西同志"扶摇振翼"的也是一只"鲲鹏"。故而，"长空万里凝碧"，不仅极富诗境，而且内涵丰富，有一种豪放而又洒脱的风格，具有极强的时代意义，是项宗西同志的代表作之一。正如中国作协《文艺报》原主编、中华诗词学会名誉会长、著名评论家郑伯农先生所言："他有丰富的生活阅历和诗词素养，更难能可贵的是，有大视野、大胸襟。写起诗来不矫揉造作，不故弄玄虚，用的是古典的艺术形式，说的是当代人的话语，倾吐的是当代人的心声。所以，自然而然地具有鲜明的时代特征。"

我认为，把他们两人放在一起作比较，有助于更好地理解其作品。二人自幼喜爱文学，勤于读书，善于思考，硕果累累，且均为中华诗词学会顾问，都上过《中华诗词》"吟坛百家"栏目，集中发过大组作品，在诗坛具有举足轻重的影响。他们又都是多面手，写诗词、散文、评论，宗西同志还善作政论文，克温先生发表过很有影响的长篇小说。宗西同志是浙江乐清人，长期从事经济、纪检、政协领导工作，又是宁夏诗词学会的总名誉会长。他的作品兼具南方的柔美和北方的旷达，重于豪放，擅长形象思维，曲尽其妙，点到为止，宛如国画，讲究飞白，富有象外之旨，韵外之致，有婉约之风。克温先生是宁夏平罗人，曾长期从事诗歌、散文、评论编辑工作，国务院特殊津贴享受者，宁夏诗词学会原会长兼宁夏毛泽东诗词研究会原会长。他的作品兼具北方粗犷豪放且又富有南方的细腻柔情，偏于雄浑，大都引吭高歌，壮怀激

烈，受白居易的影响较大。其作品犹如油画，色彩夺目，情感热烈，不留空白，富有象外之象，情外之韵，有豪放之美。先生的笔名秦中吟就来自于白居易的诗题《秦中吟》。两人的笔名一为宗西，可见第一故乡西湖和第二故乡西北，在宗西同志心中一样神圣。他有一首写西湖的绝句《雨中遐思》："翻墨跳珠势卷洪，水天一色浪排空。西湖借我三巡雨，塞上迎来一岁丰。"在这里，西湖和西部联到了一起，作者的心迹由此可见一斑。毋庸讳言，他受苏东坡的影响较大，故而是真人真诗，青松巍峨。一自号宗白，说明秦先生不只是喜欢白居易，更重要的是尊崇白色，这种象征着纯洁情感的色彩，作者的价值取向昭然若揭，铁骨铮铮。他有一首诗就叫《直辩》，"人如果在压力下弯腰曲背／只能像古猿一样痛苦地爬行／就这样，我理解了直，爱上了直人／直是人性的合金钢制成的炮筒／是真理的防风林"，克温先生喜欢用直率的方式强烈地表达自己的思想感情，不喜欢曲里拐弯、藏头露尾、过分雕琢修饰的东西，所以是直人真诗，大河滔滔。

宗西与宗白，一侧重情，一侧重义，对情义都有着神圣的情怀，怎能写不出有正能量的作品。宗西同志多次呼吁，发展诗词事业，必须树立精品意识，坚持社会主义核心价值观，紧贴时代，体现正能量，为中国特色社会主义事业，为中华民族伟大复兴，为全面实现小康社会服务。而若干年前，在文艺理论界，当一个"讲话派"并不是时髦的事，可秦克温先生旗帜鲜明地指出："有人称我为讲话派，我实觉殊荣，因为我不知道中国的文艺离开了讲话精神能不能叫社会主义文艺。"他大力实践新边塞诗，但并不排斥新诗，这不仅仅是他写过新诗的缘故。中共中央政策研究室文艺局原局长、著名文艺评论家严昭柱先生曾指出："他的这些见解和诗事活动，为推动中华诗词走向繁荣起到了积极作用。"

刊于《宁夏日报》（2016年3月24日）

友声辑

谢宗西先生回赠大著

吴亚卿

惠我诗文四册书，雁山灵秀语非虚。

春晖春色情相契，秋月秋光意自如。

澹荡清风穿户牖，依稀疏影伴阶除。

南妍北朴融合际，棠棣联吟乐有余。

　　吴亚钦，号未立斋，浙江德清人。著名学者、诗联辞赋家、书法家。中华诗词学会发起人。浙江省辞赋学会副会长。著有《未立斋吟稿》《未立斋词选》《诗词学简明教程》等。

金持衡来信

宗西诗翁：

近好！惠赠诗文集收读。窗前春风吹拂，一杯清茶，读着你清新隽永的诗文，心头感到非常畅快与欣慰。

自李唐开科以来，以诗取士，州官能诗者如唐之白香山、刘禹锡、柳宗元，宋之范仲淹、欧阳修、苏东坡……其作州官，不仅政绩斐然，诗文亦文采灿烂，以至青史留名。你身为宁夏政协主席，日夜为当地百姓操劳，谋求福利，成绩卓著。暇则赋诗填词，以反映民情，抒发己见。不仅政绩斐然，诗词文论亦斐然，真是有古人遗风矣！

"疏影横斜水清浅，暗香浮动月黄昏。"你的诗文集提升了书籍的品位，长人见识，且具历史的价值，使人在阅读中领略人生世途，寄情高远，其篇章深通理趣，如"西湖借我三巡雨，塞上赢来一岁丰。""立世不为尘俗累，兰生幽谷自馨香。"意在

言外，内蕴理趣，皆为妙谛。另有山川人物、风俗人情，如"田田荷叶绿生幽""红妆银烛照青宵""几树红云隐画船"，等等形之于诗，历历如绘。更有"左公柳""塞上瑞雪"等可补史料之缺，可为治史者佐证。而今日之思与昔日之忆，实乃妙悟在心，犹哲人宛在，非有当时识见熟史者岂能言之？

诗品源于人品。人品高尚，诗品自然高雅，自古已成定论。范仲淹先忧后乐之铭，其道德文章、诗词文论均长放光辉，人所共识。以项公之尊，深入基层，关怀群众，忧国忧民之心诗词文论篇章中处处可见！项公一身正气，语重心长，至情至性，难能可贵！实如项公人品之高尚，诗品之可贵。

我与项公相交以诗，相处以义，相交以情，所谓肝胆相照者也！项公平易近人，真心待友，推心置腹，不以官气骄人。于传统诗词，谦虚认真学习探索，孜孜不倦，卓卓有成，其进境大出人料，于《疏影清浅集》中可见矣！

项公文中提及"同生同志曾与我多年共事"一句话使我回忆起六十年前在甘肃泾川从事教育工作，当时我有个学生名叫史同生，是泾川水泉寺人。后来他曾在泾川县当过副县长，此学生与你提到的名字相同。亦给我带来六十年前的珍贵有趣的回忆。

再次感谢你把新出版的诗文集寄给我。若顺便代向吴淮生同志问好，他与叶文章、与我都是好朋友。

颂近祺！

持衡

2016 年 4 月 2 日

金持衡：原上海文艺出版社编辑，诗词评论家。

仁山题《疏影清浅集》

杨仁山

疏影清浅作长吟，

书生意气是本真。

五十年前少年志，

化作青山万里青。

作于 2015 年 9 月

杨仁山：原浙江省出版集团副总经理。

206

后　记

　　这本集子收录的诗词、辞赋、散文、随笔，横跨 2015 年至 2018 年近四个年头。虽然几乎做了一辈子的经济工作，但本人自学生时代起就存有的一点文学爱好一直没有放弃。即便正式退休之后，还是打算一直坚持下去的，用以讴歌这个中华民族伟大复兴的大好时代并以之充实老年生活。

　　至于工作生涯中的有关讲话、报告、总结等文章，虽然有的也经自己执笔写成，但篇幅多、数量大，按前几本书的既定原则，统统没有收入，它们自会在机关的档案中占有一席之地。而这些"原创"性的文艺作品，如不梳理、收集，也就散佚而令人分外遗憾了。因此，还指望用它们来与文友交流、切磋，希望对亲友、后代有所启迪和教育。

后记

秋水长天集

感谢自治区新闻出版部门的领导给予的鼓励和支持，感谢黄河出版传媒集团及阳光出版社负责人的具体指导和帮助，感谢著名书法家刘正谦、赵振乾、宋琰诸位惠赠墨宝，更应该感谢责任编辑张妤、贾莉，美编魏佳、晨皓等同志为本书的编辑出版付出的精力和心血。只要身体允许，我将笔耕不辍，力争写出好的作品，以报答大家的鼎力帮助和关怀。

项宗西

2018 年 11 月